培养好性格女孩的101个经典故事

晓丹/编著

中国纺织出版社

内 容 提 要

英国著名小说家查尔斯·狄更斯说："一种健全的性格比一百种智慧都更有力量。"性格决定命运，性格主宰人生。一个人的性格往往渗透于其生活的方方面面，同时也影响其生活的方方面面。女孩今后要想有出息，有所作为，就一定从小开始注重对自身良好性格的培养。

性格并非与生俱来的，而是可以后天培养的。为了培养女孩形成良好的性格，本书精选了101个励志故事，希望每个女孩都能从中受到启发，将自己打造成一个拥有健康性格的人。

图书在版编目（CIP）数据

培养好性格女孩的101个经典故事 / 晓丹编著. --北京：中国纺织出版社，2016.6
ISBN 978-7-5180-2441-4

Ⅰ. ①培… Ⅱ.①晓… Ⅲ.①故事—作品集—世界 Ⅳ. ①I14

中国版本图书馆CIP数据核字（2016）第051723号

策划编辑：库　科　　责任编辑：赵晓红
特约编辑：付　晶　　责任印制：储志伟

中国纺织出版社出版发行
地址：北京市朝阳区百子湾东里A407号楼　邮政编码：100124
销售电话：010—67004422　传真：010—87155801
http: //www.c-textilep. com
E-mail: faxing@c-textilep.com
中国纺织出版社天猫旗舰店
官方微博http://weibo.com/2119887771
北京楠萍印刷有限公司印刷　各地新华书店经销
2016年6月第1版第1次印刷
开本：710×1000　1/16　印张：12
字数：109千字　定价：28.00元

凡购本书，如有缺页、倒页、脱页，由本社图书营销中心调换

前言

培养一个对社会有用的人才，仅仅为其灌输文化知识是远远不够的，让他拥有健康的性格，并且学会自由与爱才是最重要的。

英国著名作家查尔斯·狄更斯说：“一种健全的性格比一百种智慧都更有力量。”性格是左右女孩命运的重要因素，性格的好坏直接决定女孩学业、事业、人际交往的成败和生活的幸福与否。女孩今后要想有出息、有作为，拥有成功而美好的人生，就一定从小注重对自身良好性格的培养。

孩子就像一粒种子，而父母就是辛勤的守护者，主要任务就是为孩子提供安全的环境和足够的养分。为了让其生根、发芽、成才，父母需要注重自己的教育方法，只有采用最优秀的教育思维与模式，孩子才会拥有一个光明的未来。在每个孩子的成长过程中，父母都必须用良好的性格来为他奠定日后成功的基础。在这一关键的教育环节中，通过阅读启迪心灵的小故事，孩子从中受到启发，更能充分发挥潜能。父母帮助孩子发现自己身上独特的闪光点，将智慧之光点燃，让这些好性格影响孩子的一生。

《红楼梦》中说：“女儿是水做的骨肉。”女孩纯真、善良、柔美、细腻、谦逊……与男孩相比，这些是她们独特的性格优势，这些优势是女孩成长道路上的助推器。然而，女孩也有自己的一些性格弱点，比如，她们胆小、怯懦、自卑、感性、不合群、小气……这些性格弱点无疑又给女孩的成长增添了不少阻力。因此，女孩要积极克服性格中的劣势，发挥性格中的优势，运用性格的力量，彻底改变自己的人生。

能够拥有健全的性格和美好的人生是每个女孩的梦想。但是，正如璞玉需要耐心地雕琢才能成为价值不菲的玉器一样，好性格并非与生俱来的，它需要后天的培养和塑造。为了让女孩们更好地发挥自身的性格优势，克服性格弱点，拥有健全的性格和美好的人生，本书从女孩的自信、感恩、自律、勇敢、乐观、责任等方面进行了全面的分析、系统的讲述，每一篇都是寓意深刻而又为女孩们喜闻乐见的小故事，让女孩们在轻松“悦读”中逐渐完善自己的性格，使女孩的心灵在不知不觉中得以升华和净化。

这本书是父母送给孩子最好的礼物，相信通过阅读，您一定可以培养出一个具有敏锐思维、高尚情操、良好品行及非凡能力的孩子。

编著者

2016年1月

目录

第一章 相信自己，才能做命运的主人

第二章 感恩的心，让女孩与爱相伴

第三章/ 宽容豁达，让女孩收获整个世界

第四章/ 播下爱的种子，收获爱的大树

第五章 勇于承担，成就女孩非凡人生

第六章 真诚守信，成就女孩完美人生

第七章 乐观开朗，开启女孩的幸福之门

第八章 / 拥有信念，托起女孩明天的太阳

第九章 / 勇敢坚强，让女孩站得更高走得更远

第十章 勤于思考，女孩一生的护航使者

第十一章 节制自律，女孩走向成熟的阶梯

第十二章 好习惯，奏响女孩的人生乐曲

第一章 相信自己，才能做命运的主人

流浪街头的吉卜赛修补匠索拉利奥，每天早上起床的第一件事，就是大声地对自己说：“你一定能成为一个像安东尼奥那样伟大的画家。”说完这句话，他就感觉自己真的有了这样的能力和智慧，他就满怀激情和信心地投入到一天的工作和学习之中。十年后，他成为超过安东尼奥的著名画家。

奥运会上的“女飞鹰”

约兰达·巴拉斯出生于罗马尼亚一个贫困的家庭，而更大的不幸，不是她的贫穷，而是她无人管教的生活方式。她的母亲患有精神分裂症，无法正常地工作和生活；而她的父亲则嗜酒好赌，整天不务正业。就这样，无人管束的巴拉斯，整天就像一个疯孩子一样四处疯跑，打架斗殴，还染上了偷盗的恶习。

巴拉斯12岁那年，认识了一位名叫威尔逊的跳高运动员，他决定教巴拉斯跳高。

巴拉斯胆怯地问：“威尔逊先生，我真的可以像您一样成为跳高运动员吗？”威尔逊反问道：“为什么不能？”巴拉斯卑微地说道：“可是，我的母亲有病，我的父亲是个酒鬼……”

威尔逊长久地注视着巴拉斯，然后，开口问道：“这些跟你跳高有什么关系吗？”巴拉斯说：“这样一来，我就不是个好孩子……”威尔逊却真诚地说道：“这些统统不是你的阻力和借口，巴拉斯，从现在开始，让你不好的家境成为你上进的动力吧！”

接下来，威尔逊为巴拉斯架了一根1米高的栏杆，她纵身一跃，跳过去了。威尔逊一边称赞，一边将那根横杆撤了下来。然后，他让巴拉斯再跳一次。结果，巴拉斯却意外地发现，没有了栏杆，自己不但没有了以前的高度，而且这次只跳了区区0.6米。

这时，威尔逊意味深长地说道：“巴拉斯，你看到了吗？这根栏杆就是你苦难的家境，有了它，你反而跳得更高。如果你不信，我再将栏杆加到1.2 米，你一定还能跳过去。”

巴拉斯咬了咬牙，跳过了1.2米！

就这样，巴拉斯在威尔逊的教导下重拾自信，2年后，她跳过了1.51米。1956年夏天，19岁的巴拉斯跳过了1.75米，打破了世界纪录。

潜能的激发，让每个人变得无所不能。1956~1961年的5年间，巴拉斯总共14次刷新世界跳高纪录。1960年的罗马奥运会上，她更是以1.85米的成绩获得了人生中的第一枚奥运金牌。1961年的巴拉斯再次刷新世界纪录，越过了被誉为“世界屋脊”的1.91米。此纪录，一直保持了10年之久，巴拉斯也因此被世人称为奥运会史上的“女飞鹰”！

性格密码

努力是因为我们面前仍有栏杆需要我们去跨越，如果前面只有一条坦途，我们反而会失去前进的动力。因此，要想成功，就大胆地跨过横亘在我们面前的每根栏杆，而不是绕道而行。

“蝴蝶结”的功劳

珍妮一直低着头，因为她总觉得自己不是漂亮的女孩，于是不喜欢抬起头去迎合别人的目光。

一天，珍妮到饰物店为自己买了一个绿色蝴蝶结，并把它戴在头上。

“珍妮，你戴上蝴蝶结，真是漂亮极了！”店主由衷地夸赞道。

珍妮有点儿不敢相信自己的耳朵，但她仍然欣喜万分，于是第一次高高昂起头，并激动地冲出了饰物店。珍妮走进教室，迎面碰上了老师。“珍妮，你昂着头走路真美！我希望你一直这样下去。”老师爱抚地拍了拍她的肩膀，同学们也都欣赏地看着她。那一天，珍妮得到了许多人的赞美。她更加喜爱自己头上的绿色蝴蝶结，因为这都是它的功劳。

放学回家后，珍妮立刻去照镜子，她也想看看戴上蝴蝶结的自己到底有多漂亮。可是，她却意外地发现，自己的头上根本就没有蝴蝶结！

蝴蝶结不见了，珍妮非常沮丧，赶忙一路找到学校。可是，她仍旧没有找到自己的蝴蝶结。于是，她又找遍了整个教室，依然没有。最后，她找到了那家饰物店。

“珍妮，过来一下。”就在她快到饰物店的时候，店主在门口叫住她。“早晨你慌慌张张跑出去，蝴蝶结掉落在了门口，难道你一点儿都没察觉到吗？”

珍妮接过蝴蝶结并谢过了店主，便离开了。

从那以后，蝴蝶结成了珍妮美好的回忆，但她再也没有戴过它。因为在找到蝴蝶结的那一刻她突然明白了，并不是蝴蝶结改变了自己。这一整天，得到的赞美和自己的好心情，跟蝴蝶结毫无关系！

性格密码

自信，是从心里迸发出来的，而昂起头是自信的表现。既然自信，当然更美。因此，从现在开始，昂起你自信的头颅吧！只有那样，你才会光彩照人，让别人看到和发现你的美。

做好每一把铁锤

梅尔多公司，在美国纽约州可谓妇孺皆知。这家公司是靠制造“梅尔多”牌铁锤起家的，起家时间虽久远，但过程非常简单。

“请给我做一柄最好的锤子，做出你能做得最好的那种。”多年前，在纽约州的一座村庄，一个木匠对一个铁匠说。“我是从外地来的，在这里做一个工程，我的工具在路上丢了。”

“我做的每一柄锤子都是最好的，我保证。”铁匠戴维·梅尔多非常自信地说，“但你会出那么高的价钱吗？”

“会的，但我需要一柄好锤子。”木匠说。

最后，木匠确实得到了一柄很好的锤子，尤其值得称道的是，锤子的柄孔比一般的要深，锤柄可以深深地楔入锤孔中，这样使用时锤头就不会轻易脱柄了。

木匠对这柄锤子满意极了，逢人便会炫耀他的新工具。第二天，和他一起工作的木匠们也都跑去了铁匠铺，每个人都要求订制一把一模一样的锤子。

这些锤子被工头看见了，于是他也订了两柄，而且要求比其他人订制的都好。“这我可做不到，”梅尔多说，“我会尽可能把每把锤子做到最好，并不会在意谁是主顾。”

一个五金店的老板听说此事后，一下子订了两打，这是梅尔多第一次接到这样的大订单。

不久，纽约城里的一个商人经过这座村庄，偶然见到了梅尔多为五金店老板订制的锤子，于是，出高价强行把它们全部买走了，还另外留下了一张长期订单。

在漫长的工作过程中，梅尔多总是在想办法改进铁锤的每一个细节，从不会因为只是一个铁锤而疏忽大意。尽管这些锤子在交货时没有贴什么合格或优质等标签，但人们只要在锤子上见到“梅尔多”几个字，就会毫不犹豫地买下它。

就这样，在一个不起眼的乡村小镇诞生的不起眼的小铁锤，慢慢地成了美国乃至全世界的名牌产品，而梅尔多本人也凭着这些铁锤成为蜚声世界的公众人物。

性格密码

要想让每一把铁锤都畅销，唯一的做法就是把每一把铁锤都当成最好的铁锤来做。无论是做铁锤，还是做其他事情，若想每件事都成功，我们唯有把它当作最好的事情来做。

西格的自信罐

以前，西格是个自信且快乐的女人，可自从3个孩子出生后，一切都发生了翻天覆地的变化。以前的西格不见了，现在的她整天烦躁不安。4岁的孩子整日吵闹，19 个月大的孩子整夜哭叫，还有1个婴儿需要不断地喂奶……

那段日子，西格的精神快要崩溃了，由于睡眠长期不足，使她无法以正常的心态看待周围的世界，也无法正常地看待自己。她开始怀疑自己，怀疑周围的世界和自己所过的生活。

就在这时候，一个叫海伦的朋友托人给她带了一份礼物。她打开一看，是一个装饰得很精致的陶瓷容器，上面还贴着一个标签："西格的自信罐，需要时用。"

西格打开后，发现罐子里装着几十个用浅蓝色纸条卷成的小纸卷，每个小纸卷上都写着海伦送给自己的一句话。西格迫不及待地逐个打开，只见上面分别写着："上帝微笑着送给我一件宝贵的礼物，她的名字叫'西格'。""我珍惜我们之间的友谊。""我欣赏你的执着、你的热情。”“我希望住在离你的厨房只有100英尺远的地方。”“你不但好客，而且贤惠能干。”“你有宽广的胸怀，还有美丽的金色长发。”“我最愿意跟你一起去超级市场转上一整天。”“你做事，永远都是那么仔细，那么任劳任怨。”“我永远相信，你能做好每一件事情。”最后一张纸条上写着：“我给你提出两点建议：第一，当你完成一件自己想干的事情或者得到别人的称赞和肯定的时候，就写一张小纸条放在这个小罐里；第二，当你遇到困难和挫折或者感到心灰意冷时，就从这个小罐里拿出几张纸条来读。”

读到这里，西格被深深地打动了。因为她真切地感受到，自己正在被别人爱着、关心着。困难只是暂时的，自己在朋友的心目中，仍然是一个很棒的女人。

从那以后，西格把这个自信罐摆在最醒目的地方，一旦遭遇危险和困难，她就会情不自禁地伸手去摸。

15年以后，西格当上了一所幼儿园的园长，很多家长都愿意把孩子送到西格的幼儿园，因为她的自信可以激发起孩子们的自信。而从这所幼儿园走出去的每一个孩子，都会得到一个由西格亲手为他们制作的自信罐。

性格密码

失败者只是那些轻言放弃的人们，他们往往为了一些莫须有的恐惧而心惊胆战。任何时候，你都要牢记，只要你不抛弃这个世界，世界就不会抛弃你。你的人生有一把锁，这把锁的钥匙就在你自己的手中，别人谁都无法将这扇门打开。

让鸡蛋立起来

哥伦布曾一度被人们耻笑为最愚蠢的梦想家，他为了横渡大西洋，精心筹划了18年。其间，受尽了别人的嘲笑和奚落。经过无数次辩论和游说后，西班牙国王和王后终于被哥伦布的真诚和信念所打动，他们决定送给哥伦布远航的船只。事实证明，哥伦布成功地渡过了大西洋，并发现了美洲大陆。

当哥伦布回到西班牙时，举国上下一片欢腾，国王和王后更是在宫廷里设宴召见了他，异常兴奋地听他讲述航海过程中遇到的奇闻轶事。

哥伦布的荣耀引起了其他人的妒忌。他们说："不就是一个因贫穷而做白日梦的穷水手吗？只要有足够大的船只，谁不能横渡大西洋，有什么了不起的。"

对此，哥伦布莞尔一笑，他从容地站起来，对大家说："如果大家感兴趣，那不妨在座的每一位跟我一起做一个小小的游戏。游戏很简单，就是看谁能把鸡蛋立起来。"

于是，每个人都尝试着把鸡蛋立起来，结果都失败了。最后，大家一致认为，这是根本不可能做到的事情。这时，哥伦布顺手拿起一颗鸡蛋，把尖端往桌面上轻轻一磕，鸡蛋就稳稳地立住了。

"各位，在你们看来根本不可能做到的事情，我却做到了。世界上所有的事情都是如此，关键在于谁先想到，而不是别人想到后，我们再去做。"哥伦布表情严肃地说道。

性格密码

按照常人的思维，想让鸡蛋立起来，简直就是不可能做到的事情，可是哥伦布做到了。而横渡大西洋，在很多人看来，更是不可思议，同样哥伦布做到了。为什么？因为他首先想到了。如果连想都没有想到，又何谈做到呢？

仆人的建议

很久以前，人们根本不像现在都穿鞋子，那时候的人们是赤着双脚走路的。一位国王外出经过一个偏远的乡间，那里的路面崎岖不平，而且净是碎石头，硌得国王的脚又痛又麻。回到王宫后，国王就下了一道命令："将国内的所有道路都铺上一层牛皮。"国王认为，这样不但自己的脚可以免于伤害，还可以造福子民。可是，即使杀光国内所有的牛，也筹集不到铺路的皮革，而所花费的金钱、动用的人力，更是不计其数。虽然明知根本做不到，甚至相当愚蠢，但因为是国王的命令，大家也只能暗自感叹，无人敢公开反对。

这时，一位聪明的仆人大胆向国王提出建议："国王啊！为什么您要劳师动众，牺牲那么多牛，差遣那么多人，花费那么多金钱呢？您为何不割两小片牛皮包住您的脚呢？而且所有人都可以这样啊！"

国王听了惊讶不已，仔细一想，立刻收回成命，采纳了仆人的建议。于是，"皮鞋"由此诞生了。

性格密码

想要改变世界很难，但是改变我们自己则很容易。因此，当你无法改变身处的世界时，就试着去改变自己吧！当你改变自己时，你会突然发现，原来身边的世界也在悄然发生变化。

意外惊喜

美国的一家报纸上登了这么一则广告："1美元购买一辆豪华轿车。"哈利看到这则广告半信半疑："今天不是愚人节啊！"但他仍揣着1美元，按照报纸上提供的地址找了过去。

在一栋非常漂亮的别墅前，哈利敲开了门。一位高贵的少妇为他开了门，问明来意后，少妇把哈利领到车库里，指着一辆崭新的豪华轿车说："喏，就是它。"

哈利脑子里闪过的第一个念头就是："是坏车。"

于是哈利问："太太，我可以试试吗？"

"当然可以！"贵妇爽朗地答应了。

于是，哈利开着车兜了一圈，一切正常。

"这辆轿车不是赃物吧？"哈利仍旧半信半疑地问道。于是，贵妇拿出车照给他看。确定一切无误后，这笔生意他们成交了。

但哈利对此百思不得其解，于是他问："太太，您能告诉我这是为什么吗？"少妇叹了一口气说道："唉，实话跟您说吧，这是我丈夫的遗物。他把所有的遗产都留给了我，只有这辆轿车，是属于他那个情妇的。但是他在遗嘱里把这辆车的拍卖权交给了我，所卖款项交给他的情妇。于是，我决定卖掉它，1美元即可。"

哈利恍然大悟，他开着轿车高高兴兴地回家了。路上，他碰到了自己的朋友汤姆。汤姆好奇地问起轿车的来历。哈利说完，汤姆顿时捶胸顿足地说道："上帝啊，一周前，我在报纸上就看到过这则广告，可我并不信以为真，顺手把报纸扔进了垃圾桶里！"

性格密码

这个世界上，什么事都有可能发生，即使看起来根本不可能的事情也有可能发生。因此，不要怀疑奇迹会发生，只要你踊跃尝试，意外的惊喜就有降临到你头上的可能。如果你向来懒得去尝试，惊喜降临到你的头上就真的会成为天方夜谭。

第二章 感恩的心，让女孩与爱相伴

法国思想家卢梭说：“没有感恩就没有真正的美德，感恩是精神上的一种宝藏。”如果说爱是人类最崇高的情感，那么，因爱而生的感恩之心则是爱的升华。心中充满感恩，你就会快乐一生；心中充满感恩，你就会爱满身心。当爱成为一种鞭策，当感恩成为一种自觉，我们的生活将因此而变得更加美好！

居里夫人和她的老师

一天，一位叫欧班的老师收到一封信，寄信人是玛丽·居里。“这不是大名鼎鼎的居里夫人吗？她可是举世闻名的科学家呀，怎么会给我这样的普通老师写信呢？”欧班老师真的不敢相信自己的眼睛。

接着，欧班老师拆开信读了起来。原来，居里夫人竟然是自己20年前教过的学生小玛丽。在信中，居里夫人向欧班老师感恩致意，并寄来了往返路费，请她去家里做客。读着读着，欧班老师的泪水涌出了眼眶，她没想到自己的学生成为世界名人之后还记得自己，她为此很感动，也为居里夫人取得的成就而自豪。

就这样，阔别了20余年的师生终于见面了。居里夫人亲自下厨，热情地款待了自己初中时代的老师。

后来，居里夫人回国参加一个活动。当时的场面非常隆重，很多知名人士簇拥在居里夫人身边，对她表示祝贺。可就在活动快开始的时候，居里夫人的目光突然停留在台下的某一点，接着，她径直从主席台上走了下来，来到一位坐着轮椅的老妇人面前。居里夫人深情地吻了吻她，而这位妇人的脸上则挂满了激动的泪水。

居里夫人将老妇人推到了主席台上，向大家介绍，她就是自己中学时代的恩师——欧班老师。在场的人听后，不约而同地鼓起掌来。

性格密码

因为感恩，才会有这个多彩的社会；因为感恩，才会有真挚的友情；因为感恩，才让我们懂得了生命的真谛。

珍惜不幸

“塞特太太，真的抱歉，在未核对您的社会保险号码前，我们无法发放新的驾照给您。”塞特太太经过再三解释后，第三次得到了这样的回答。

塞特太太的社会保险卡在火车站被偷了，同时被偷的还有她的驾照、钱夹、信用卡、金融卡和孩子的照片。

办事员却告诉塞特太太：“我们局的电脑停机了，您可以到州办公处的另一个办公地点去取驾照。只要您从290号公路下去，往东开16千米就到了。”说实话，这一切的麻烦都不是塞特太太的过错，但她必须自己承担。

此时正值高峰期，塞特太太穿过街上拥挤的车流来到另一个办公处。“可恶的小偷竟然敢趁着刚过完圣诞节车站人多，将钱夹偷走。这已经是很大的麻烦了，想不到他们还要让我东奔西跑！”简直是浪费时间！塞特太太抱怨着，同时拿了一张号码单去排队。

塞特太太的心情糟糕到了极点，不仅因为失窃，还有这一天的不顺。就在这时，她听到有人念自己的号码，赶紧走到柜台前。这时，她发现，一个穿粉红色外套的女人与她同时向前走。塞特太太很明白此刻根本轮不到那个女人，于是就在办事窗口前的凳子上坐了下来。“看她怎么办！”塞特太太心想。

“小姐，很抱歉，你必须先拿一个号码牌，等轮到你时再过来。”窗口里的职员有点儿恼火地对穿粉红色外套的女人说。“可是，我只是想……”两个小孩正拉着她的衣服，她怀里的婴儿开始大哭，那位职员的态度也越发生硬，怒气冲冲地重复着刚才的话。

“小姐，麻烦您一下……”年轻的母亲再次把头凑近窗口，而且几乎哭着说道，“我只是想知道……我是不是可以在这里拿到我先生的死亡证明？”

那位职员和塞特太太同时愣住了，不知道如何接她的话茬。塞特太太甚至想拥这位母亲入怀，帮她擦去脸上的泪水，抱抱那个哭泣的婴儿，逗逗她刚学会走路的小孩。可此刻，又觉得做什么都不合适。于是，塞特太太赶紧从柜台前的凳子上站了起来。“您先办吧。”她非常愧疚地对那位母亲说道。

那位职员早已改变了口气，同时也给了塞特太太一张表，让她回到座位上去填写。可塞特太太此时只有惭愧，她意识到自己失去的只是一个钱夹，而那个女人失去的却是丈夫。突然，她觉得自己的损失已经变得微乎其微了。

接下来，塞特太太的心情发生了微妙的变化，她不再抱怨，而是带着感恩的心情做完了接下来的事情。

事后，塞特太太的眼前不断浮现出那个穿着粉红色外套的女人，仿佛又听到了她怀里婴儿的哭声。开车的时候，塞特太太早已将自己的烦恼抛之脑后，脑海里涌现出来的全是令人愉快的事情。

性格密码

当你在抱怨自己的不幸和烦恼时，有没有想过别人正在承受更大的不幸和痛苦呢？当你目睹别人更大的不幸和伤悲时，也许你会发现自己原来那么幸运。因此，从现在开始珍惜小小的不幸吧，因为只有这样，你才会知道什么是真正的幸福！

一起过节

感恩节这天，旧金山的鲁本给在纽约工作的儿子戴维打电话。

“我也不想让你感到难受，但是我不得不告诉你这个消息——我和你母亲已决定离婚，45年的煎熬我们都受够了。”鲁本的话音中有一些失落。

“老天！你在说什么呀！爸爸！”戴维大吃一惊。

“这也是没有办法的事，现在我们甚至连互相看一眼对方都不愿意。”鲁本叹了口气，接着说，“我们彼此讨厌对方。其实我很不想提这件事，苏姗那边就由你告诉她吧！”说完，鲁本便挂断了电话。

戴维马上给在芝加哥的妹妹苏姗打电话：“苏姗，你一定要冷静，听着，爸爸妈妈要离婚了，怎么办？”

“什么？上帝呀，我们得赶快回去阻止他们！”苏姗在电话那边尖叫道。

挂断哥哥的电话后，苏姗立刻拨通了家里的电话，是鲁本接的电话。

“你们不许离婚！不许乱来！一切都要等我和戴维回来再说。我们明天就到，到时再做打算，千万不要冲动！听见没有？”苏姗一口气讲完就挂了电话。

鲁本放下电话，转身对妻子说：“好了，他们能回来过感恩节了。我们现在必须想想，圣诞节的时候该怎么说呢？”

性格密码

感恩，并不是一时感激涕零的报答，很多时候，它更是发自内心的问候和关心。而感恩节的实际意义，是为了让人们记得感恩，记得为那些曾经爱过我们和正在爱着我们的人送去问候和关怀。你今天感恩了吗？

最后的选择

故事发生在美国的一所大学。一天，快下课时，教授对同学们说：“我和大家做个游戏，谁愿意配合我一下。”这时一位女生走上台来。

教授说：“请在黑板上写下你难以割舍的20组人名。”女生照做了，其中有她的邻居、朋友、亲人等。

教授说：“请你划掉这里面你认为最不重要的1组人。”女生划掉了1组她邻居的名字。

教授又说："请你再划掉1组名字。"女生又划掉了1组她的同学。教授接着说："请你再划掉一组名字。"女生又划掉了1组……最后，黑板上只剩下了3组人名，分别是她的父母、丈夫和儿子。

教室非常安静，同学们静静地看着教授，似乎这已不再是一个游戏了。

教授平静地说："请再划掉1组名字。"女生迟疑着，艰难地作着选择。犹豫片刻后，她划掉了父母的名字。

"请再划掉1组名字。"身边又传来了教授的声音。她惊呆了，颤巍巍地举起粉笔缓慢地划掉了儿子的名字。接着，她"哇"地一声哭了，样子看起来痛苦不堪。

等女生平静下来，教授问道："和你最亲的人应该是你的父母和你的儿子，因为父母是养育你的人，儿子是你亲生的，而丈夫是可以重新再寻找的，为什么丈夫反倒是你最难割舍的人呢？"

女生平静而又缓慢地说道："随着时间的推移，父母会先我而去，儿子长大成人后肯定也会离我而去，真正陪伴我度过一生的只有我的丈夫。"

性格密码

生活中有太多太多我们不忍割舍的人和事，但如果让我们必须作出选择，挑出其中最为珍贵的，我们将不再为最后能够保留下来的庆幸，而是会为即将失去的伤心流泪。因此，拥有时，我们就要学会珍惜，不要等到失去时，方才醒悟它的可贵。

尊重生命

圣方济各生于12 世纪后半叶意大利的阿西西。他是罗马天主教圣方济各会的创立人。直到今天，人们仍称颂他清贫、简单的生活，称赞他对和平的热爱，对世间万物的尊敬。以下是关于他的最著名的故事之一。

圣方济各仁慈而充满爱心，他不只是对人如此，对于一切有生命的东西也是这样。他将鸟儿称作他空中的小兄弟，并且无法忍受它们受到伤害。

在圣诞来临的时候，圣方济各会在树下撒上面包屑，让这些小家伙饱餐一顿，心满意足。

一次，当一个小男孩送给圣方济各一对他捕获的鸽子时，圣方济各为它们建了一个鸟巢，让鸽子妈妈可以在里面下蛋。慢慢地，鸽子蛋孵化出了小鸽子，后来鸽子也长大了。它们非常温顺，会飞到圣方济各的肩膀上，吃他手中的食物。

还有许多故事都记载了圣方济各对田野中和森林中那些柔弱的小动物所怀有的爱和怜悯。

一天，当圣方济各在树林里散步的时候，鸟儿看到了他，并且飞下来和他打招呼。鸟儿们为了表示对他的爱，唱出了最甜美的歌曲。随后，当鸟儿们看到圣方济各要开口说话了，它们就轻柔地栖息在草地上，侧耳聆听。

“啊！小鸟儿，”他说,“我爱你们，因为你们是我空中的兄弟姐

妹，让我来告诉你们一些事情吧！我的兄弟姐妹们，你们要爱上帝，并且赞美他。想一想他所赐给你们的，他赐给你们翅膀，让你们能够在空中飞翔。他赐给你们温暖而美丽的衣裳。他赐给你们天空，让你们可以自由飞翔游玩并且拥有自己的家园。”

“再想一想，我亲爱的兄弟们，你们既不播种，也不收获，因为上帝喂养你们。他给你们河流和小溪，让你们可以喝水；他给你们山谷，让你们可以栖息；他给你们树木，让你们可以筑巢。你们既不耕种，也不纺纱，但是上帝关照你们和你们的孩子。神一定是爱你们的。因此，你们一定要知道感恩，要用歌唱赞美并感谢他为你们所做的这一切。”

然后，圣方济各不再说话了，只是环顾四周。所有的鸟都欢喜雀跃，张开翅膀和嘴巴表示它们能够明白他所说的话。圣方济各为所有的鸟送上祝福之后，它们都开始歌唱，整个森林因为它们美妙的旋律而洋溢着欢乐和幸福。

性格密码

每个生命都是平等的。我们应该尊重生命，尊重每一个生命为我们带来的一切。当然，每个生命都还要感恩生活带给自己的一切。

乞丐与小女孩

几年前，摄影师杰佛逊为了寻找创作的灵感，便搭乘长途汽车在美国的各个城市间漫游。就在这次旅行的最后一站西雅图市，他遇见了兰迪·麦克理。当时的兰迪有六七十岁，但看起来好像已经超过了100 岁。

兰迪·麦克理披肩的长发灰白凌乱，由于居无定所，他的头发中间总是夹杂着头天晚上在窝棚里睡觉时沾带的旧棉絮。他的衣服更是脏得不得了，浑身散发着酒精、汗液和尿混合的气味。

杰佛逊遇见兰迪时，他正站在西雅图市中心的人行道上向路人乞讨，他面带微笑，双手前伸。

其实，兰迪·麦克理早已不是第一天站在这里，每天人们从他

的身边来来往往，要么没意识到他的存在，要么干脆避开他。尽管如此，兰迪的脸上仍然挂着微笑，他的微笑是真诚和令人愉悦的。

那天，杰佛逊在一旁观察了很久，他感觉兰迪是一个很好的拍摄素材，于是同他谈了起来，并表示同意付给他一些小费。兰迪很痛快地答应了。

随后的3天里，杰佛逊一直躲在暗处拍摄兰迪·麦克理的生活。而兰迪一如既往地站在市中心熙熙攘攘的街头，伸着双手，面带微笑地向人们讨钱。

第三天下午，来了一个六七岁的小姑娘，她穿着整洁得体，梳着小辫，她走近兰迪，从后面轻轻拽了拽他的衣角。兰迪转过身，小姑娘伸手将一个东西放到他的手心里，刹那间，兰迪喜笑颜开。接着，兰迪从口袋里似乎掏出个东西放进了小姑娘的手里，小姑娘顿时也兴奋不已，欢蹦乱跳地向不远处一直望着她的父母跑去。

这个情景，是杰佛逊根本没有预料到的，他激动地连连按下快门，几乎把其间发生的每一个细节都用相机记录了下来。

杰佛逊当时恨不得马上从暗处跳出来，问问兰迪到底跟那个小姑娘交换了什么东西。但他害怕因此错过精彩的镜头，于是克制了自己。直至一天的工作结束，他终于向兰迪提起困扰了自己一整天的问题。

“很简单。她走过来，给了我一枚硬币；反过来，我又送给了她两枚。”兰迪很轻松地回答道。“你为什么要这么做？”杰佛逊迷惑不已。“我想告诉她你付出了，就会收获得更多。”兰迪摊开双手说道。

性格密码

大多数人，在做一件事情前，首先想到的就是，我到底能收获什么，可很少有人想到，在此过程中，我付出了什么。可悲的是，很多人把自己的收获通过金钱来衡量。他们永远都不明白付出的同时，就已经得到了。况且，这个世界上千金不换的珍宝，就是快乐！

狮子与人

一个人在山路上捡到一只幼小的狮子，便抱回家喂养。他把狮子照顾得无微不至，给它喂美味的食物，给它梳毛，给它洗澡。狮子对他也亲密无间，扒他的肩膀，舔他的手脚，陪他散步，和他玩耍。狮子在他的怀中渐渐长大，长成了一只威猛的雄狮，但却温顺得如同一条狗。

有一天，这个人突发奇想，想骑着狮子旅游。于是他骑上了狮子，踏上了旅程。一路上狮子很听话，平稳地驮着他。

路上有人问他："狮子不会吃你吗？"

这个人说："那怎么可能呢？"

路上有条狗问狮子："你怎么不吃他呢？"

狮子说："那怎么可能呢？"

一天，这个人要穿过一片沙漠，路上遇到了风沙，水和食物都被卷走了。他痛心之余还在安慰狮子："朋友忍着点儿，等过了沙漠，我让你饱餐一顿。"随后跳下来步行。一天过去了，狮子围着他打转；两天过去了，狮子饿得舔他的手脚；三天过去了，狮子对他开始轻轻地撕咬；四天过去了，狮子向他呲起了牙齿；第五天，饥饿的狮子向他瞪起了血红的眼睛；在他正要上前抚摸它时，狮子奋力一纵将他扑倒，瞬间把他撕成了碎片。

直到奄奄一息的那一刻，养狮人仍然不明白，狮子怎么会伤害他呢？

性格密码

我们生活的环境，是一个鱼龙混杂的圈子，不是说你付出真诚，别人就一定能够以礼相待。我们不得不相信，恩将仇报的小人无处不在。因此，在与人交往时要处处小心，分辨敌友，以免自己受到伤害。

第三章 宽容豁达，让女孩收获整个世界

古人说：“宽怀大度一些，机会便多了，世界也大了；褊狭小气，机会便少了，世界也小了。”豁达是一种修养，一种境界，一种美德，一种非凡的气度，一种成熟的精神；是对人、对事的包容和接纳，是对别人的释怀，也是对自己的善待。因此，女孩应该学会豁达。当你学会了豁达，你就可以拥有和谐融洽的人际关系，而这必将带给你更多的快乐和朋友。

最好的礼物

第二次世界大战结束后，一个德国纳粹战犯被处决，他的妻子因无法忍受众人的羞辱与谩骂，吊死在自家的窗外。

第二天，邻居们走出门，一抬头就看见了那个可怜的女人。窗户微开，她2岁的孩子正伸出手向悬挂在窗框上的母亲爬去。眼看另一场悲剧就要发生了，人们屏住呼吸默然地观望。

这时，一个叫艾娜的女人不顾一切地向楼上冲去，把危在旦夕的孩子救了下来。她收养了这个孩子，而她的丈夫曾经因为帮助犹太人而被这个孩子的父亲当街处决。街坊邻居没人理解她，甚至没有人同意让这个孩子留在他们的街区，他们让她把孩子送到孤儿院或者干脆扔掉。

艾娜不肯，即便有人整日整夜地向她家的窗户扔秽物、辱骂她。她自己的孩子也对她心存芥蒂，甚至以离家出走相威胁。可是，艾娜始终把孩子紧紧抱在怀里，她说得最多的一句话就是："你是多么漂亮啊，你是一个小天使。"

渐渐地，孩子长大了，邻居们的行动已不那么偏激了，但是还常有人叫他"小纳粹"，同龄的孩子都不跟他玩。他变得性情古怪，常常以恶作剧为乐。直到有一天，他打断了一个孩子的肋骨，邻居们瞒着艾娜把他送到了十几里外的教养院。

半个月后，几乎发疯的艾娜费尽周折，终于找回了孩子。当他们再次出现在愤怒的邻居们面前时，艾娜紧紧地护着孩子，乞求邻居们说：“给他点儿爱吧，他也会是一个可爱的天使的。”

孩子就在那个时候知道了自己的身世，他痛哭流涕，悔恨充斥着他幼小的心灵。艾娜告诉他，最好的补偿就是爱，爱你身边的每一个人。

从此，孩子痛改前非，认真做人。在别人的诋毁与侮辱面前，他不再针锋相对；在别人有困难时，他总是不计前嫌，乐于助人，并友善地与人相处，礼貌待人。多年来，一直有一个坚定的信念在支撑着他：一个不相干的女人给了自己一份母爱，我有什么理由不去爱别人？

中学快毕业那年，别的同学都陆陆续续地收到了一些礼物，而他却没有。终于，毕业典礼如期举行。

“雅克里……”孩子听到校长念到他的名字了，于是移动着沉重的脚步，沮丧地向台上走去，“雅克里，祝贺你正式毕业。”这时，雅克里听到台下掌声如潮，他回过头，看见自己的母亲艾娜和许多邻居不知什么时候站在台下，正冲着他微笑。原来，他的邻居们每家都派了代表来参加他的毕业典礼，并送上了自己的祝福。

“我收到了这一生中最好的礼物……”雅克里站在台上早已泪流满面。这在该校史无前例。

性格密码

是什么支撑着艾娜一直坚持下来的？是爱，伟大的爱，所有的话语用来形容她的伟大都显得那么苍白无力。在她的面前，不知道该有多少人感到羞愧难当和无地自容。在她的心目中，仇恨、罪恶、误解统统不存在，她的心中只有爱，一种将被人抛弃的生命彻底拯救的爱！爱，在改变着一个孩子的命运，也在改变着这个世界。

似非而是

人世间的很多事，看似是，其实非；还有一些事，看似非，其实是。美国社会学家肯特·M. 基思博士写了《似非而是》一书，提出似非而是十大戒律。

戒律之一：人是毫无逻辑、不讲道理、以自我为中心的，但你仍要爱他们。

戒律之二： 即便行善事被人们说成是出于自私的隐秘动机，但仍要行善事。

戒律之三：你一旦取得成功，得到的往往是假朋友和真敌人，但你仍要成功。

戒律之四：你今天所做的善事，明天就会被人忘记，但仍要做善事。

戒律之五：坦诚待人容易使自己受到伤害，但仍要坦诚待人。

戒律之六：思想最博大的人，有可能被头脑最狭隘的人击倒，但仍要志存高远。

戒律之七：人们喜欢无名小卒，却只追随大人物，但仍要为几个无名小卒而斗争。

戒律之八：你穷数年之功建设起来的东西可能在一夜之间就被毁掉，但仍要建设。

戒律之九：人们需要帮助，但当你真诚地帮助他们的时候，他们可能会攻击你，但仍要帮助他人。

戒律之十：当你把最宝贵的东西献给世界时，你很有可能会被反咬一口，但仍要把最宝贵的东西献给世界。

也许，这十大戒律讲得未必都准确，但在任何时候，爱没有错，善没有错，奋斗和奉献更没有错。而且爱能生爱，善也能引善，你说对吗？

性格密码

当你播种爱的时候，不一定会收获爱；而当你播种善的时候，也不一定会收获善。即便如此，又有谁能够否认，爱能生爱，善能引善呢？既然不能否定，那就继续付出你的爱和善吧！

忘记战争

这是第二次世界大战期间的一个小小插曲，故事发生在1944年的圣诞夜。靠近比利时边境的德国亚尔丁森林区有间小木屋，里面住着一户人家，母子俩是为了逃避盟军轰炸才躲到这儿来的。

这时，突然响起敲门声，母亲慌忙吹灭蜡烛，打开了门。门外站着2个头戴钢盔的士兵，身后还有一个人躺在地上，鲜血染红了雪地，其中一个人操着听不懂的语言。母亲马上知道了他们是美国兵——德国的敌人。

美国兵不懂德语，母子俩又不懂英语，幸好双方都能讲几句法语。两个美国兵一个叫杰姆，另一个叫洛宾，伤员叫哈瑞。他们与自己的部队失散了，在森林中乱闯了3天，饥寒交迫，走投无路。望着那个伤势严重的美国兵，母亲动了恻隐之心。

母亲吩咐儿子：“去把赫尔曼捉来，还有马铃薯也要拿来。”赫尔曼指的是那只唯一留着的公鸡，本来是打算被征去当民防员的丈夫回家过节时一同享用的。

正在布置餐桌时，又有人敲门。这次，门外站着4个德国兵。儿子吓得浑身不能动弹，因为窝藏敌军是要被以叛国罪论处的。母亲虽然也害怕，但还是镇定地迎了上去，说：“圣诞快乐！”

“我们找不到部队，能在这里休息一下吗？”带队的下士问。

“当然，”母亲说，“还可以吃一顿饭。可是，这儿还有3位客人，你们也许不会把他们当作朋友，但今天是圣诞夜，你们不准在这里开枪。”

“是美国兵吗？”

“听着，”母亲严肃地说，“你们，还有里面的几个，都可以做我的儿子。今夜，就让我们忘掉战争这回事吧！”4个德国兵一时愣住了。母亲拍了几下手说：“话已经说够了，请进。把枪支放在屋角的柴堆上，我们该吃晚餐了！”

德国兵恍恍惚惚，听话地放下了全部武器，美国兵也照做了。

德国兵和美国兵紧张地挤在小屋里，表情十分尴尬。母亲神态自若，“这下，赫尔曼可能不够分配了，再拿些马铃薯和燕麦来，孩子们都饿坏了。”母亲吩咐自己的儿子道。

当儿子从储藏室回到屋里时，发现一个德国兵正在检查美国兵哈瑞的伤口，不共戴天的仇敌仿佛成了一家人。

这种奇迹的休战状态持续到了第二天早上。母子俩用两根竹竿和仅有的台布制成一副担架，让哈瑞躺上去，随后，把客人送出了门。

德国下士借着地图指点美国兵怎样走到他们自己的防线去，然后，互相握手道别。母亲激动地说：“孩子们，但愿有一天，你们都能平安地回到自己的家乡。上帝保佑你们！”

德国兵和美国兵朝着相反的方向走去，不久，就消失在白茫茫的森林里！

性格密码

让不共戴天的敌人握手言和的最佳方法不是条约和法令，而是伟大的爱。爱和理智可以将战争、仇恨化解，在战火硝烟里，我们看到了一位母亲大山般宽广的胸怀，让驰骋沙场的勇士肃然起敬！

融化坚冰

从前，苏伯比亚小镇有一对邻居，一个叫汉斯，一个叫吉姆，但他们彼此间并不友好，虽然已记不清到底为什么。通常情况下，他们彼此间连招呼都不打，而且时常发生口角。

有一次，汉斯和妻子外出两周度假。开始吉姆和妻子并未注意到他们已经出发了。但是，一天傍晚，吉姆在自家院子里除完草，发现乔治家的草也很高了，这样一来，就映衬得自家的草坪特别显眼。而这样的反差，显然在告诉过往的行人，汉斯和妻子不在家，而且离开很久了。

吉姆想，这等于公开邀请夜盗入户，而后一个想法像闪电一样攫住了他，他实在不愿意去帮自己不喜欢的人。可是，汉斯家会引贼入室的想法又挥之不去。于是，第二天一大早，吉姆在自己还没反悔之前，就去汉斯家把杂乱的草坪修整好了。

几天后，汉斯夫妇回来了，看到自家的草坪修整得跟吉姆家的一样整齐，就知道一定有好心人帮过忙。于是，他们叩开了那条街上所有的门，当然除了吉姆家的。可大家都否认是自己干的。最后，汉斯敲了吉姆家的门，吉姆开门时，汉斯站在门外盯着他，脸上露出奇怪和不解的表情。“吉姆，你帮我除草了？”他盯着吉姆看了半天后问道。这是他们认识以来，他第一次叫吉姆的名字。

“是的，汉斯，是我。”吉姆说。

汉斯犹豫了片刻，像是在考虑要说什么，最后他用低得几乎听不见的声音嘟囔着说了声“谢谢”，便急忙转身离开了。

从那以后，吉姆和汉斯之间的沉默被打破了，尽管他们之间还没有发展到一起打高尔夫球或保龄球的地步，他们的妻子彼此间也不会因为闲聊而频繁地走动。但他们的关系却在不知不觉间改善，而且再也没有发生过口角，取而代之的是，见面后，大家都会礼貌地说声：“你好！”

性格密码

人与人之所以很长时间内保持着僵持，是因为没有人愿意开口打开彼此间的沉默，并不是说彼此间有什么不可融化的坚冰。或许，一次相遇的微笑或是问候，就可以将这种沉默打破。

荣誉就像玩具

1920年5月的一个早晨，一位美国记者，名叫麦隆内夫人，几经周折后，她在巴黎实验室里见到了镭的发现者——居里夫人。见到了端庄典雅的居里夫人，她很快被眼前的景象惊呆了，那是一间简陋得不能再简陋的实验室。

此时，距离镭问世已经18年了，它当初的身价曾高达75万法郎。美国记者由此推断，仅凭专利技术，眼前的这位夫人应该早已富甲一方了。但事实上，居里夫妇早在18年前就放弃了镭的专利权，不仅如此，她还毫无保留地公布了镭的提纯方法。因为她认为镭是属于全人类的财富。

“难道这个世界上就没有您最想要的东西吗？”麦隆内夫人困惑不解地问。“当然有，比如1克镭，因为我现在的研究需要它。可是，18年后的今天，我却买不起，它的价格实在太昂贵了。”居里夫人依然平静地答道。

这回答，实在出乎麦隆内夫人的意料，她感到非常惊讶。镭的提纯技术已经使世界上许多人腰缠万贯，而镭的发现者却困顿至此！她立即飞回美国，打听出1克镭在美国当时的市价为10万美元。于是，她找到10位女富豪，希望她们慷慨解囊。可令麦隆内夫人万万没有想到的是，她碰了壁。这使她意识到，这不仅仅是一次金钱的捐助，更是一场呼唤公众理解科学、弘扬科学家高尚品格的社会教育。于是，麦

隆内夫人在全美奔走宣传此事，最终，美国总统在1921年5月20日，将公众捐献的1克镭赠予了居里夫人。

居里夫人的一生，因取得了非凡的科学成就共获得过10项奖金、16枚奖章、107个名誉头衔、2次诺贝尔奖，但她从来没有把这些荣誉看得比科学本身更重要。

一天，居里夫人的一个朋友来家中做客，她的朋友看见居里夫人的小女儿正拿着一枚金质奖章在地上玩耍，朋友大吃一惊，要知道，那是英国皇家学会刚刚颁发给居里夫人的奖品。

对此，居里夫人却很平淡地解释说：“我是想让孩子从小就知道，荣誉就像玩具，它不能真正给世界带来什么，如果将它们看得太重，最终只能一事无成。”

你要记得荣誉就像玩具一样，千万不要把它看得太重！

性格密码

怀天下者忘自己，忘小利者成大业。居里夫人正是凭借这种将自己置之度外的精神，才最终成就了科学巨峰。一个懂得舍弃的人，才是真正懂得生活的人，尽管舍弃看起来比获得还要艰难得多！

真正的敌人

从前，在靠近原始森林的一个牧场上，生活着3头肥壮的公牛。他们形影不离，总是在一起吃草，一起到河边喝水。

有一只老虎早就对这3头公牛垂涎三尺了，但他始终没有下手的机会，因为他发现这3头公牛十分团结。于是狡猾的老虎想出了一个主意：先离间他们的感情，然后再一个个地对付。

一天，1头公牛正在森林边缘吃草，老虎慢慢地走上前说：

“朋友，听着！你要留心你的两个伙伴，我听说，他俩为了霸占草地，想干掉你。你瞧，他俩正在窃窃私语哩。”

这头公牛转过他的大脑袋，果然看见两个伙伴的头靠在一起。打那以后，这头公牛和自己的伙伴愈来愈疏远了。

几天以后，老虎又用同样的诡计，在第2头公牛面前搬弄是非。结果，那头公牛也相信了他的挑拨。

就这样，过去曾经亲密无间的3头公牛，现在却形同陌路，相互不予理睬。去小河喝水的时间也错开了，甚至连晚上睡觉时，也彼此离得远远的。

老虎的计谋终于得逞，他高兴极了。有一天，老虎突然从密林中奔出来，扑向1头公牛，咬断了他的脖子。而另外2头在远处吃草的公牛眼睁睁地望着老虎吞食了同伴，却坐视不理，心里还想着那是他应得的报应。

第二天，老虎吃掉了另外1头公牛。

第三天，最后1头公牛也成了老虎口中的美食。

性格密码

容易被人怂恿和挑拨的人，往往毫无原则可言，而且还是缺乏判断力的人，这样的人往往会成为别人无辜的牺牲品。因此，当一个人谄媚地在你面前说别人的坏话、欲挑拨离间时，你首先应该提防的就是面前这个献媚之人，而不是他口中所谓的“敌人”！

超越自卑

一位登山者和他的向导，历经千辛万苦终于快要登上世界之巅珠穆朗玛峰了。

世界之巅与登山者和向导之间只有几米之遥了，他们只要任何一个人快速向前冲几步，就可以成为世界第一。可是，这位从新西兰来的登山者却对向导说："这是您生活的地区，请您先上吧！"

这位老实的向导并不明白这一步的意义，他只是为了酬劳才来到这里的。他没有听清楚登山者后面的话，只是从对方恭敬的表情和谦让的手势中明白了其中的意思。于是，向导先走了几步，登上了世界之巅，在那里留下了人类的第一个脚印。

这是人类有史以来，第一次登上珠穆朗玛峰。登山者随后跟上，他们在世界之巅紧紧拥抱，高呼着："我们成功了！"

登山者名叫希拉里，向导叫丹增，他们冲顶的时间是1953年5月29日。这是人类历史中值得纪念的一天。

希拉里深深知道这几步对于自己的意义，他多年的理想就是能够第一个登上珠穆朗玛峰，但在接近巅峰的前几步，他战胜了自己的欲望，而把这个权利让给了身居此地的夏尔巴人。

50年后，当我们为人类创造的奇迹而庆贺时，也为希拉里那句谦让的话而再次感动："人最难战胜的是自己的私欲，私欲的高度比珠峰更高。战胜了私欲，还有什么不可战胜？"

性格密码

世界之巅尽管难攀，但每个人心目中的"珠峰"更是崎岖陡峭，只要你攀越了自己心中的私欲之峰，这个世界就已经在你的脚下了，还有什么不可攀越和战胜的呢？

第四章 播下爱的种子，收获爱的大树

人世间最宝贵的是什么？是爱心。法国大作家雨果说得好："爱心是历史中稀有的珍珠，有爱心的人几乎优于伟大的人。"心怀爱心的人，总在播撒阳光和雨露，医治人们心灵的创伤；同有爱心的人接触，智慧将得到启迪，灵魂将变得高尚，襟怀将更加宽广。生活在这个世界上，每个女孩都应该有一颗助人为乐的爱心。

仁慈的传播

一次，史密斯小姐到朋友家做客，不经意间，她在朋友的冰箱上看见了一张资料卡片，上面写着："练习不经意的仁慈与不自觉的美德。"这个句子马上跳进她的脑海，她决定把这个理念运用到生活当中。

一天，史密斯开着车驶向一个收费站。由于刚刚发生了一起交通事故，那里已经排起了很长的车队。轮到她缴费的时候，后面还有几辆车等候着，于是，她决定利用这个机会做点儿什么。

"我这辆，还有后面的6辆车，一起付。"史密斯笑着说道，接着买了7 张过关卡票。

收费员很疑惑地看着史密斯，不敢相信自己的耳朵。紧接着，后面的6 位驾驶者依次来到收费亭，但他们均被告知前面的那位小姐已经帮他们付过费用了。他们无一不惊讶地问起原因，收费员复述了史密斯的那句话："练习不经意的仁慈与不自觉的美德。"

于是，6辆车快速地通过了关卡，同时这句话也快速地传播，几乎所有听到这句话的人们，都试图用各种行动去表现它。

一位姑娘听说这句话后，立即许下了三个心愿：一是粉刷教室的墙壁，让同学们第二天看到一个崭新漂亮的教室墙壁；二是将热食送到镇上的穷人那里；三是把钱偷偷地塞进老乞丐的钱包。她说："仁慈更容易使人感受到生活的美好。"

一位老人听到了这句话，觉得自己也应该做些什么。于是，他开始每天帮助楼下的年轻夫妇接送孩子上下幼儿园。而原先，他们的孩子每天都要很晚才会被接走。

因为这句话的力量，许多吝啬的人变得慷慨起来，许多冷漠的人变得热心起来，许多心存邪念的人开始变得善良起来。如今，这句话已经在美国广为流传，成为大家的口头禅。

性格密码

一滴水，无法汇成江流，只有无数滴水，才可以汇成大海。一个小小的善举，就好比一滴水，很容易就会干枯，倘若通过小小的善举，带动大家的善心，发动大家的善念，这就好比汇聚了无数滴水的大海，它的力量是无比巨大的。

爱与时间

爱，被困在一个即将沉没的孤岛上。情急之时，她却隐约听到远方传来优美的歌声。再看时，只见一个英俊的年轻人驾着小舟、弹着吉他来到岛边。

“快救救我，载我走吧！”爱欣喜地乞求道。

“对不起，我太忙了，这个世界还要靠我去拯救呢。”年轻人说道。于是，他驾着小舟离开了。

又过了一会儿，爱实在感到自己没有力气了，这时她又看见一位中年人驾着一艘大船来到岛边。

“救救我，载我走吧！”爱乞求道。

“对不起，我的船上有太多的金钱和女人了，载不下了。”中年人说道。于是，中年人也离开了。

又过了一会儿，一位老人来到岛边。

“快救救我，载我走吧！”爱同样乞求道。

老人二话没说就把爱带上了。

爱感激地问：“谢谢，您是谁啊？”

老人回答：“我叫时间。”

性格密码

年轻的时候，人们往往无法掂量什么才是真正的财富，一味地为了所谓的功名而忽略了内心的情感，只有随着时间的流逝，经历了沧桑，方才懂得真爱的可贵，方才醒悟那才是人间最为珍贵的财富！

猎人的圈套

很多年前，人们在亚马逊河两岸砍伐树木时，发现一种十分奇怪的现象，在电锯的轰鸣声中，所有的动物都逃离了，唯有一种叫作树虎的动物无动于衷。据记载，树虎是非常怕人的。于是，工人们深感奇怪！

为了弄清其中的奥秘，工人们找来了动物学家桑普。桑普的话让工人们吃惊。他说："一定是有一只树虎被树胶粘在树上了，所以其他的树虎才不走。"

经过大家仔细搜寻，果然发现树干上有一只被树胶粘住的树虎。原来，1千只树虎里，总会有一两只会被树胶粘住，从此再不能动弹。令人感动的是，一动不动的树虎仍然能在世上活很多年，因为周围的树虎都会轮番来喂它。

伐木工人为此深深感动，于是，他们将整棵树移到了森林的深处，随之，所有的树虎也都跟着迁移了。

若干年后，树虎仍旧在世间绝迹了，因为它的毛皮非常昂贵，一些不法分子先将一只树虎用胶粘在树上，其他树虎便相继跟来，寻食喂养这只不能动的树虎。

善良使很多树虎纷纷落入猎人的圈套。渐渐地，树虎的数量越来越少，最终在世间绝迹了！

性格密码

我们不可否认，善良有时真的会被贪婪者利用。但是，尽管树虎灭绝了，善良却永远不会消失。要知道，毁灭善良的人，就是在毁灭自己。就像那些对着树虎扣响扳机的猎人，树虎灭绝了，他们的发财之道也会随之毁灭！

善良的德兰

1979年12月8日，年度诺贝尔和平奖得主——仁爱传教修女会德兰会长飞抵挪威首都奥斯陆。诺贝尔和平奖评委会主席萨涅斯亲临机场迎接，并高兴地向德兰宣布国王将在典礼宴会上接见她。

德兰一震：“宴会？”“是颁奖典礼后举行的盛大宴会，135名贵宾应邀参加，有国王、总统、总理、政要和各界名流。”萨涅斯如数家珍。

德兰沉思片刻：“这次宴会得花多少钱？”“7000美元。”萨涅斯不以为然。“什么？ 7000美元！”德兰睁大眼睛，目光里露出无限的惋惜。她鼓起勇气对评选会主席说道：“主席先生，我有一个请求……请求您取消……取消这次宴会。”

主席十分惊诧，几乎不敢相信自己的耳朵。从1901年设立诺贝尔和平奖以来，第一次有人请求取消典礼宴会。

“是的，我请求主席先生取消这次宴会，把省下来的钱交给我去救助那些饥寒交迫的穷人。”

萨涅斯举目打量着面前这位老修女。她一生为穷人服务，即使来参加这样的世界级盛典，穿的仍是那件伴她出入贫民窟的粗布纱丽。是她没钱吗？不！她创建的仁爱传教修女会已有4亿美元资产，可她的卧室里却没一件现代家电。她没有办公室，即使再尊贵的客人也只能在走廊里接待。

“主席先生，我的请求是不是让您为难了？”德兰略带歉意地问道。

“不，不！”主席仰起脸，热泪满面，他向德兰深深地鞠了一躬，“我亲爱的会长，您的请求深深地感动了我，感动了世界，我代表全世界所有的穷人和善良人感谢您！”

一个感动世界的请求之后，德兰还有一个震撼世界的举动。19万美元的奖金，她一分不留地全部捐给了印度麻风病基金会；7000美元捐给了穷人，就连那块象征至高荣誉的和平奖章也被她卖掉了，然后把所得的钱全部捐给了穷人。

1997年，当伟大而善良的德兰离开这个世界的时候，除了两件换洗的粗布纱丽和一双旧凉鞋外，再未留下任何遗产。

性格密码

善良、无私和爱不是一句简单的话语，更不是一种吹嘘，它需要付出真诚的努力和行动。德兰女士正是用自己的生命诠释了爱和无私。物质上，她一无所有，但她却拥有一颗感动世界的爱心。这颗爱心，如同一颗永不陨落的星星，照耀着世人！

互相取暖

寒冷的冬日，几十只鸽子挤在一起取暖。这时，十几只麻雀过来恳请允许它们到鸽子的翅膀下避难。最后，有一半的鸽子用自己快要冻僵的翅膀护着瑟瑟发抖的麻雀。天气越来越冷，麻雀和鸽子都在等死。

不知过了多久，太阳升起来了，一位农夫把这些鸽子放进自己温暖的屋子里，等待鸽子们苏醒。慢慢地，一些鸽子重新拍打着自己的翅膀。

结果，令农夫感到意外的是，每一只苏醒过来的鸽子，翅膀下都有一只麻雀，而那些翅膀下没有麻雀的鸽子，却再也没能苏醒过来。

性格密码

不要总是以为，你在帮助别人的时候，就一定意味着失去。相反，我们在帮助别人的时候，恰恰得到了一份来自真诚的力量。这份力量足以让我们和被保护者渡过难关，化险为夷。

爱心接力

美国东部的一个风雪交加的夜晚，推销员汉斯的汽车坏在了冰天雪地的山区。山区四处无人，汉斯非常焦急，因为，如果不能尽快离开这里，就要被活活冻死了。这时，有一辆马车路过此地，赶车的是一个中年男人，车上还坐着一个妇女，应该是夫妻两人。两人二话没说，就用马车将汉斯的小车拉出了雪地，拉到了一个小镇上。当汉斯拿出钱对这对夫妇表示感谢时，妇女说："我们不要求回报，但要你给我们一个承诺。当别人有困难的时候，你也尽力去帮助他。"

在后来的日子里，汉斯帮助了许许多多的人，并且将那位妇人对他的要求同样告诉了他所帮助的每一个人。

5年后，汉斯被一次骤然发生的洪水围困在一个小岛上，一位少年帮助了他。当他要感谢少年时，少年竟然说出了那句汉斯永远也忘不了的话："我不要求回报，但你要给我一个承诺……"汉斯的心里顿时涌起了一股暖流。

性格密码

爱心是无价的，它不需要回报，但却可以心心相传。如果说，每一件善事都是一颗珍珠的话，那么我们每一个人的爱心都是一根金线。用金线把颗颗珍珠串起来，就是一条世界上最珍贵的项链！

母亲的宽恕

中央电视台《今日说法》曾有过这样的一期节目，两个青年因一件小事斗殴，甲刺了乙一刀，然后逃走。结果，当他回头看到乙倒地不起时，便跑过去营救，当他发现乙因伤势过重而生命垂危时，便拨打110报警。不幸的是，乙最终因抢救无效死亡，而甲也因故意伤害罪锒铛入狱。

法庭上，乙的母亲第一次看到杀害自己亲生儿子的凶手，发现他竟然是跟儿子一般大小的青年，痛恨他的残忍之余，这位母亲更是对他的年幼无知深表同情。

初审过后，这位母亲的思想十分矛盾，因为她已痛失爱子，倘若这位青年入狱，又会导致同样的悲剧发生——致使另一位母亲失去自己的儿子。最终，她说服自己的丈夫，决定宽恕青年甲。第二次庭审时，这位母亲恳请法官从轻处理这位杀人犯时，在场的所有人惊诧不已，包括被告人的母亲。

经过斡旋，法官最后宣判，这个犯故意伤害罪的青年只被处以有期徒刑12年。青年甲跪倒在青年乙的妈妈面前泣不成声地叫了声：“妈！”

这一幕，令在场的和电视机前所有的观众为之动容！这就是一个母亲的胸怀！她把仇恨化解成为宽容的母爱，令对方感动，令世人感动。

性格密码

很多时候，人们都会因为一时的冲动而酿下悲剧，如何才能使悲剧不再继续发生？那就是伟大的爱，爱可以将仇恨化解，让这个世界充满阳光、和谐和笑语。我们一定要清楚，这个世界会因为爱，而变得越来越美好！

真正的母亲

相传，3000多年前，以色列人中出现了一位著名的君主——所罗门王。所罗门时代，是犹太民族有史以来最为繁荣富强的时代。他曾用了7年时间，为耶和华建造了一座壮丽无比的大神殿，这座神殿就坐落在今天耶路撒冷东北角的圣殿山上。而所罗门，经常来到这座神殿当中，为全国臣民主持正义，开庭审理各类案件。

据说，所罗门在继位之初，就曾虔诚地向上帝祈祷，希望上帝能赐予他当一个好国王所必需的品质。于是，耶和华便拿出了四样东西让他挑选。所罗门从长寿、财富、复仇、智慧中仅挑选了智慧，于是，上帝便赐给了他一颗谨慎而又聪明的心灵。从此，所罗门断案之神能、破案之智慧、裁判之公正，留下了许多佳话。下面这则故事，就是其中的一个。

据说，一天，所罗门端坐在大神殿里的审判席上，有两位妇女抱着一个婴儿上殿来，哭哭啼啼地向他陈述一个案件。其中妇女甲指着妇女乙说："我们二人住在一起待产。我生下一个男婴的第三天，她也生下了一个儿子。当晚，妇女乙不慎把自己的孩子压死了。悲痛之余，妇女乙竟然趁夜深人静，偷偷把两个孩子调了包。当我醒来发现怀中的孩子已死，仔细一看才发现，这死婴并不是我自己的儿子。"

妇女甲陈述未完，妇女乙就激动地向所罗门抗辩道："不！她说的是假话！死去的才是她的儿子。"而妇女甲则更激动、更大声地说："活着的是我的儿子！我的儿子……"

两位妇女争吵不休，所罗门不知该如何是好，孩子只是一个婴儿，他并不知道自己的母亲到底是谁，而当时的医疗条件又非常有限，无法依据医学技术作出判断。一时间，所罗门犯起愁来。

很快，耶和华送给所罗门的智慧便显灵了，他灵机一动说道："既然你们二位都说这是自己的孩子，依我看，把婴儿切成两半，一人一半算了。"

此时，妇女甲失声痛哭："国王啊，把孩子给她吧，我宁可不争了，请不要杀孩子！"而妇女乙则恶狠狠地说："好啊，我不能得到，她也不能得到，干脆一刀两半，把孩子杀了吧。"至此，事情已经真相大白。所罗门马上就判断出谁是孩子真正的母亲。于是，便作出了传颂千古的判决，把孩子交给了妇女甲，而依法惩治了妇女乙。

性格密码

母爱无边，这个世界上最伟大、最无私的爱，就是母爱。当一个母亲面对自己孩子的不幸时，她的选择几乎永远是牺牲自己，保护孩子。所罗门正是利用了这一点，才最终将不法之徒绳之以法。

无私的爱

久旱无雨的夏天，一位姑娘好不容易才找到一把勺子，于是去河里淘了一点儿水给自己生病的母亲喝。

回家的路上，姑娘碰到一只渴得走不动的小狗，便赶紧舀了一点水给它喝，小狗得救了。小姑娘并未注意，她拿去舀水的那把破破烂烂的勺子此时已经变成了银水勺，而且里面的水跟刚才的一样多。

回到家中，小姑娘看到老仆又累又渴，就赶紧盛了水给她。这时，她的勺子已经由银的变成金的了，而且里面的水仍旧一滴未少。

母亲喝完，小姑娘自己也想喝一口，谁知一个陌生人来向她讨水喝。小姑娘马上就把水勺递了过去。这时，水勺已经变成了钻石的，里面的水滴在地上，地上马上就汩汩地冒出了一眼泉。

人们惊喜地看着泉水，那个陌生人已经在恍惚之间变为北斗星。北斗星正好分布成一把勺子的形状，似乎在提醒人们，不要忘记那位善良、无私的小姑娘。

性格密码

只有博爱，才可以挽救众生和自己于危难之中。如果不是小姑娘无私的爱，结果一定是众生的集体毁灭，正是有了小姑娘的善举、无私的爱，众生才能最终脱离苦难！

创造奇迹的妈妈

日本札幌一个4岁的小男孩不慎从8楼掉了下来。男孩的妈妈小山美真子当时正在楼下晾衣服，看到这一情景，立即飞奔过去，赶在小男孩落地之前，把孩子抱在了怀里。

这一消息刊出之后，引起了日本盛冈俱乐部法籍田径教练布雷默的质疑。因为根据报上刊出的示意图，他发现，要接到从25.6米高的地方落下的孩子，这位站在20米外的妈妈，必须跑出每秒9.65米的速度。而这一速度， 在当时的日本，即使成绩最好的田径运动员也难以达到。

布雷默带着自己的疑问，决定见一见这位创造奇迹的妈妈。说实话，布雷默在没有见到这位妈妈之前，他的脑海里更加倾向于媒体出错的判断。

两人的见面地点被安排在一家茶艺馆。当记者把小山美真子带到布雷默面前时，这位法籍教练惊愕得差点儿叫起来，因为站在他面前的不是一位身材高挑、肌肉健硕的女子，而是一个身高不足1.6米，体格纤弱瘦小的少妇。

这样一位弱女子真能跑出每秒9.65米的速度吗？根据自己执教20余年的经验来看，布雷默更加坚信自己的判断——媒体出错了！

可当他看到小山美真子手中牵着的那个可爱的孩子和他们母子那种亲昵的样子时，他彻底打消了“不可能”的质疑，因为从母子二人的身上，他感觉到一种爱的力量在威逼着他，这种爱让他承认自己错了！

事后，布雷默在回忆录中写道：“当时，我甚至觉得自己有点儿卑鄙，我怎能怀疑一个心中充满爱的人不会创造奇迹呢？”从此以后，布雷默更是得出一个结论：“人的潜力是毫无限度的，只要你拥有一个足够强烈的动机！”

性格密码

这个世界上总是不断地有奇迹发生。奇迹发生之余，人们总是惊呼它的不可思议。然而，无论何种奇迹的诞生，都是因为爱！唯有爱，方可创造奇迹！换言之，只要有爱的动机，奇迹就会诞生！

人间

在得克萨斯州的一所小学里，一群天真无邪的孩子经常向玛琳娜老师询问天堂在哪里。为了满足孩子们的好奇和求知欲望，玛琳娜老师请来了莫迪神父。

莫迪神父首先在黑板中间画了一条线，把黑板分成了两部分，左边写着“天堂”，右边写着“地狱”。然后，对孩子们说：“你们每一个人分别在‘天堂’和‘地狱’的下面写下与自己想象或期望的内容。”

于是，孩子心目中的“天堂”就这样呈现出来了：花朵、欢笑、树木、天空、爱情、阳光、诗歌、春天、音乐……

在“地狱”这一边，孩子们写下了这样一些字眼：黑暗、肮脏、恶魔、哭泣、残杀、恐怖、仇恨、流血、丑陋……

孩子们写完后，神父对他们说：“正如大家所知道的，‘天堂’是具备了一切美好事物与美好心灵的地方，有人把它叫作‘天国’，或者‘净土’，或者极乐世界。而‘地狱’则正好相反，那里充斥着一切丑恶的事物与丑恶的心灵。那么，你们一定想知道人间在哪里。”

“人间是介于‘天堂’与‘地狱’之间的地方。”一个孩子说道。

“不，错了。”神父说。

“人间不是介于‘天堂’与‘地狱’之间。人间既是‘天堂’，也是‘地狱’。当我们心里充满爱的时候，人间就是‘天堂’；而当我们心里怀着怨恨的时候，人间就是‘地狱’！”神父说道。

性格密码

天堂和地狱，不在别处，就在每个人的心里。当我们心怀感激，心中充满爱的时候，我们就生活在天堂里；当我们心怀仇恨，心中充满怨恨的时候，我们就生活在地狱里。其实，天堂和地狱只有一门之隔，生活在哪边就看你的脚迈向哪扇门。

第五章 勇于承担，成就女孩非凡人生

俄国思想家托尔斯泰说："一个人若没有热情，他将一事无成，而热情的基点正是责任心。"人在社会中生存，最重要的是责任心，因为责任心是一个人能否立足社会、成就事业最基本的人格品质。从某种程度上说，责任心有多大，你的人生舞台就有多大。因此，无论你从事哪个行业，都要将责任心放在第一位，因为有了责任心，你将更加成熟。

科罗伯神父

神父在奥斯维辛集中营工作，他的职责是为死者祷告。集中营规定，外出劳动的人们，出去多少必须回来多少，倘若少1个人，就会在回来的人中任意处决1个人。

一天，少回来了3个人，结果3个无辜的人因此而被处决。

轮到第3个人的时候，他说他有妻子，还有5个孩子，杀死他，就等于杀死了7个人，他哀求放过他。但德军没有同意他的请求。

神父说："让我代替他吧。"

德军说："你为什么要这样做？"

神父说："我是神父，我不能眼看着一个人的祈祷落空。"

1982 年，这位神父被教皇追认为圣者，他的名字叫科罗伯。

性格密码

多么伟大的神父，在死亡面前，他仍旧在履行自己为人祈祷的神圣职责。他以生命的代价，向世人诠释了职责的意义。无论何时，我们都不应为威逼利诱而动摇，而应坚守自己的职责！

忠于职守

美国经济学家葛尔布莱，雇用了一位令他称心如意的女管家。她不仅做事精明干练，为人也相当忠实可靠。

那年秋季，葛尔布莱由于连续乘飞机到一些国家巡回讲学，有些疲惫不堪。回到家后，他想睡一个好觉，好好调整一下。于是，他特意吩咐这位女管家，无论是谁来电话，都不要打搅他。

事也凑巧，就在葛尔布莱刚刚入睡的时候，急促的电话铃声响了起来。女管家拿起电话，轻声地问："您是哪一位？"

电话里传来了总统的声音："我是约翰逊，请帮我找一下葛尔布莱先生。"

女管家和气、委婉地说："总统先生，葛尔布莱先生刚刚从国外讲学回来，很疲劳，才入睡。请总统先生原谅，我暂时还不能叫醒他。"

听到这样的回答，约翰逊显得更加着急，加重了语气强调说："我有要紧的经济政策问题要同他商量，请您把他叫醒吧！"

女管家依然没有听从总统的命令，进一步耐心地解释说："不，尊敬的总统先生，他身体有些不适，方才曾特意嘱咐过，不接任何人的电话。我现在是替他工作，为他负责，而不是替您工作，为您负责。请您放心，待他醒来，我一定将您打来重要电话的事情及时地转告他。何况只有在他休息好之后，才能精力充沛地同您讨论经济政策问题。您说对吗，尊敬的总统先生？”

女管家说得有理有据，滴水不漏，约翰逊心服口服，无可奈何，只好挂断了电话。

葛尔布莱睡醒之后，知道了总统来电话一事，便抓紧时间去见了日理万机的约翰逊总统，并表达了深深的歉意。

没想到约翰逊总统毫无怪罪之意，反而深有感触地对女管家大加赞赏，因为他事后又认真地想了想，他觉得女管家的做法是对的，这是她对主人的忠于职守。他不仅理解了女管家执着不变的忠于职守，而且对她的为人和品格产生了深深的敬意。于是，他又向葛尔布莱提出了一个令其意想不到的建议：“请转告您的女管家，如果她愿意，就请她到白宫来工作，这里需要像她那样的人。”

葛尔布莱用经济学家的眼光风趣地评论说：“我不仅又一次感受到了女管家的忠于职守，而且又一次感受到了总统先生的知人善任。忠于职守一旦与知人善任相结合，就会出现相得益彰的良性循环。”

性格密码

人与人之间，需要的正是女管家这样的忠于职守和总统那样的知人善任。这不仅是一种互相的理解和信任，更是一种坦荡的胸怀和境界。责任，不仅是一种道德，还是一种品格。

捉鼠的狗

原本，黑狗是一只极其平凡、普通的狗，它为主人看家护院，过着平静而安逸的生活。一天，黑狗百无聊赖，蓦地发现一只老鼠愣头愣脑地跑到院子里来了。而此时，主人家那只懒惰的大黑猫，正在酣睡。

黑狗想反正自己闲着也是无聊，就替猫捉一回老鼠吧。于是，它猛地冲了过去，一下子就将那只老鼠咬死了。

不料，这一幕恰巧被经过庭院的主人看在眼里，他发现狗能捉老鼠，觉得十分有趣。于是，他笑着夸赞黑狗道："我的这只狗不但能看家护院，而且能捉老鼠，太有本事了。"

主人鼓励狗继续去捕捉老鼠，并给它提高了待遇。有了主人的支

持，黑狗便有了更高的捉鼠积极性。平时，它总是千方百计寻找老鼠的踪迹，一旦发现目标，便会使出全身解数猛扑上去。

性格密码

不要总觉得别人对自己的付出熟视无睹。你若想在众人中脱颖而出，就不可能跟别人一样，遇事双手一摊，推脱这事跟自己没关系。得到领导赏识的人，往往是具有责任心的人，他们在任何时候，都敢于担当重任。

倾听

那年秋天，杜美思大学毕业，于是去了中西部一家报社做实习记者。因为是新手，她只负责结婚启事和讣闻栏目。平淡如水的日子里，杜美思对那些冲锋陷阵的无冕之王羡慕不已，尤其是每月获得“最佳记者”称号的同事。他们的经历充满了刺激和惊险，而她的工作跟他们却是大相径庭。

一天下午，讣闻专线的电话铃大响。“你好，我……要发一个讣告。”对方口齿似乎不太伶俐。

拿出记录本和笔，杜美思机械地问：“逝者姓名？”做了两个月的讣闻，她已经驾轻就熟。“乔・布莱斯。”

听到回答，杜美思有种异样的感觉，因为他和其他发讣告的人不同，态度不是悲伤，也不是冷漠，而是一种说不出的迷茫和绝望。“死因？”她又问。“一氧化碳中毒。”“逝世时间？”隔了很久，他才含混不清地回答：“我还不知道……就快了。”

电光火石之间，杜美思猜到了答案，但仍故作镇定地问：“您的姓名？”“乔……乔·布莱斯。”他的声音显得疲惫不堪。她知道，毒气已经开始起作用了。

虽然有思想准备，但杜美思的心还是狂跳不止。她一边向同事做手势，一边竭力保持冷静。一个编辑向这边走来，她示意他不要说话，在笔记本上颤抖地写下：“那人要自杀！”编辑马上会意，抄下来电显示上的号码，用口型告诉她：“我去报警。”

“我还需要一些信息，您愿意帮助我吗？”杜美思尽量用最甜美、最温和的声调对乔说，想让他在线上多待会儿，保持清醒。但乔的回答越来越难以分辨。她闭上眼睛，想象自己坐在乔对面，集中精力听他说话。同事们安静而焦急地看着她。

突然，电话中一片死寂，乔好像昏倒了。杜美思攥紧拳头大喊：“乔，醒醒，我在听你说话。”然后，电话中是一阵紧急的警笛声、救护车声、敲门声，随后是玻璃破碎的声音，救援人员终于赶到了。接着，一个陌生的声音从电话里传来：“我是警察。谢谢你及时报警，病人没有生命危险。”

杜美思的泪水夺眶而出，兴奋地大喊：“有救，还有救！”顿时掌声、欢呼声从编辑部各个角落传来，她和同事们一边擦眼泪一边互相、握手、拥抱。

月末总结会上，总编宣布本月的最佳记者是杜美思！看到她惊讶的神情，一个资深记者说：“你当之无愧。如果那天是我接电话，我肯定不会注意到乔要自杀。”“可我什么也没做，我只不过听他说话……”

那位记者微笑着拍了拍她的肩：“然而，倾听是多么罕有的美德啊！”

性格密码

在职责之外，我们还能做点儿什么？这是值得每个人思考的问题。这位记者正是因为多做了一点点，结果她拯救了一个生命。无论何时，我们都要承担起一份属于自己的责任，并用心将它做到足够好，那样的话，就会避免很多悲剧的发生。

败在细节

这个著名的传奇故事出自英国国王理查三世。他1485年在波斯沃斯战役中被击败，莎士比亚的名句：“马，马，一马失社稷！”使这一战役永载史册。这个故事同《国王阿尔福雷德和蛋糕》的故事相得益彰，告诉我们小的疏忽会带来大的灾难。

国王理查三世准备拼死一战，里奇蒙德伯爵亨利带领的军队正迎面扑来，这场战斗将决定谁统治英国。战斗进行的当天早上，理查派了一个马夫去备好自己最喜欢的战马。

“快点儿给它钉掌，”马夫对铁匠说，“国王希望骑着它打头阵。”“你得等等，”铁匠回答，“我前几天给国王全军的马都钉了掌，现在我得找点儿铁片来。”“我等不及了，”马夫不耐烦地叫道，“国王的敌人正在推进，我们必须在战场上迎击敌兵，有什么你就用什么吧。”

铁匠埋头干活，从一根铁条上弄下四个马掌，把它们砸平、整形，固定在马蹄上，然后，开始钉钉子。钉了三个掌后，他发现没有钉子钉第四个掌了。

“我需要一两颗钉子，”铁匠说，“得需要点儿时间砸出两颗。”

“我告诉过你我等不及了，”马夫急切地说，“我听见军号声了，你能不能凑合凑合？”“我能把马掌钉上，但是不能像其他几个那么牢固。”“能不能挂住？”马夫问。“应该能，”铁匠回答，“但我没把握。”“好吧，就这样，”马夫叫道，“快点，要不然国王会怪罪到我们俩头上的。”

很快，这匹马上了战场，理查国王在军队中冲锋陷阵，鞭策士兵迎战敌人。“冲啊，冲啊！”他喊着，率领部队冲向敌阵。远远地，他看见战场另一头几个自己的士兵退却了。如果别的士兵看见他们这样，也会后退的，所以理查策马扬鞭冲向那个缺口，召唤士兵掉头战斗。

理查还没走到一半，那个没有被钉牢的马掌就掉了，战马跌倒在地，理查也从马背上跌落下来。国王的这一动作，使士兵们的锐气大减，他们以为自己的国王已经败下阵来了，于是，纷纷转身撤退。很快，敌军就包围上来了。最后，理查被俘虏了，战斗结束了。

从那时起，人们就说：“少了一个铁钉，丢了一个马掌；少了一个马掌，丢了一匹战马；少了一匹战马，败了一场战役；败了一场战役，失了一个国家。”所有的损失都是因为少了一颗马掌钉。

性格密码

任何时候，都不要抱有侥幸的心理，以为少了一枚小小的铁钉，是无所谓的事。一枚铁钉有一枚铁钉的责任，一个小人物也有他应该承担的责任。因此，每个人都应该清楚自己在工作、生活中承担的职责，要牢记只有小人物，没有小岗位。

从我开始

2006 年，英国广播公司女摄影师丽贝卡·霍斯金到夏威夷海域拍摄野生动物的纪录片，中途岛上的一幕惨景让她心灵震颤：数百只信天翁倒在海滩上。

这些美丽的鸟儿的胃已暴露于阳光之下，塑料残片散落在羽毛和骨骼之间。各种塑料器物的残片——塑料袋、玩具、哮喘器、圆珠笔、牙刷、梳子、饮料瓶盖……都从死亡的信天翁的胃中暴露出来。

很显然，这些鸟是在吃了塑料残片后窒息死亡的。更糟糕的场面接二连三地出现：鲸鱼、海豹、乌龟等都死于塑料残片。凡是海洋上漂浮塑料残片比较集中的地方，海滩上必能见到动物成片死亡的惨状。

在中途岛的下风方向地带，丽贝卡看到好几千只刚孵化出的信天翁雏鸟要么死亡、要么虚弱地匍匐在地。她捡起一只活着的小鸟，它啄着她的手指，很快就死了。那一刻，丽贝卡在气愤和郁闷中爆发了，她决定行动起来，为改变世界而行动起来。

回到故乡英国莫德博里镇，丽贝卡剪辑完纪录片，便开始了禁止塑料袋的行动。一个月的时间内，她和儿时的朋友一起向家乡人展播野生动物生存的实况录像，邀请小镇上43个零售商在酒吧边看纪录片边商议禁止塑料袋的行动计划。6个月的实验后，这个随手丢弃塑料袋的小镇的居民全部用上了布袋，向大自然少扔了50万个塑料袋。

莫德博里成了欧洲第一个全面禁止塑料袋的城镇，丽贝卡的勇气和行为在英国家喻户晓。英国绿色和平组织的负责人说："她在几个月内改变了英国人对塑料袋的态度，她把太平洋上的所见所闻和自己生活的国家联系起来，她应当是英国的首相。"

丽贝卡的作为向人们证实：不要等待政府和超市去作为。只要公民自觉行动起来就可产生巨大的力量。成千上万的人向她写信致敬，80多个城镇自愿加入告别塑料袋的行列。2007年11月，伦敦的33个区宣布要用立法方式对付塑料袋之害。作为一个普通人，她用简单的语言向其他普通人传递着这样一个信息：有些事是我们不能大意的。

英国前首相布朗在发表他上任后的第一篇绿色讲话时，提到他将召集所有超市的高管开会，讨论如何消除塑料袋。"我相信我们能消除一次性的塑料袋，找到可持续使用的替代品。"没有人游说，也没有辩论，丽贝卡用行动说服了首相对塑料袋开战。布朗致信莫德博里镇的行政官员时写道："莫德博里的人应当为他们所表现的领导作用感到骄傲。"

小小的成就，着实让丽贝卡兴奋不已，但是，她并不想做什么公众人物，因此在媒体面前，她一直表现低调。尽管如此，1974年出生、毕业于爱丁堡大学的丽贝卡，在2007年11月获得了全英环境与媒体奖！

性格密码

捡起一只塑料袋并不难，但却很少有人去弯腰。究其原因，日趋恶化的地球环境没有唤醒人们沉睡的责任心。让我们从自我、从现在做起，为了我们共同而美好的家园弯下腰，以此为起点，开始行动起来吧！

最出色的清洁工

进入日本帝国酒店工作的人，最初都必须接受一段时间的全方位职业培训，然后才会根据各自的不同情况被安排到不同的岗位。有个女孩出身名门，接受的是贵族教育，因此，她以为自己会得到一份和她身份相符的工作，但出乎意料的是，经理却让她打扫厕所。

这份卑贱而且低俗的工作，让第一天伸出手洗马桶的她，几乎呕吐。勉强干了两个多星期后，她就再也不想在这里待下去了，为此她的心情更是糟糕到了极点。

终于，女孩怒气冲冲地去找自己的上司评理。等她发完牢骚，经理不声不响，跟她一起来到卫生间，拿起清洁工具清理起马桶来。

清理完厕所，经理不由分说地拿起一只杯子从马桶里舀起一杯水一饮而尽。

“你刷过的马桶里的水，可以喝吗？”经理接着说道，“一个人如果连刷马桶这样的小事都做不好，你还指望他做好什么大事吗？”女孩目瞪口呆地说不出话来，此时，她才彻悟这位昔日在帝国大酒店曾经打扫厕所23年的清洁工，为何今天却坐在受人爱戴的经理位置上。

从此以后，女孩再也没有了抱怨，而是专心刷好每一只马桶，直到那只马桶里的水可以舀一杯喝下去为止。

培训的期限到了，当经理验收考核时，这位贵族小姐当着很多人的面，从自己洗过的马桶池里舀出一杯水，仰头喝了下去。

37岁以前，女孩是日本帝国酒店的普通员工，是那里工作最出色的人。37岁以后，她开始步入政界，最后成为日本内阁邮政大臣——野田圣子。

在很多场合，女孩都这样介绍自己的身份：最出色的厕所清洁工，最忠于职守的内阁大臣。

性格密码

有一则谚语：“上帝给每个人一个杯子，你从里面饮入生活。”上帝给每个人的杯子都是一样的，然而不同的人从那里饮入了不同的生活。因此，选择怎样的生活，并且以怎样的态度面对生活，决定权在你，而不是杯子！

第六章　真诚守信，成就女孩完美人生

鲁迅先生说：“诚信为人之本。”美国小说家德莱塞说：“诚实是人生的命脉，是一切价值的根基。”诚信是一棵大树，用善良和真情去体验，就会嗅出它的清香；诚信是一床棉被，贴近我们的肉体，就能感觉到它的温暖；诚信是一片大海，用正直和爱心去对视，就会看到它广阔的包容；诚信是一首诗歌，用心去朗读，用真诚去付出，就能品出诗中永远的甜蜜。

有人看到你了

从前，有一个贪得无厌的人，每次看到别人麦田里的麦子就很嫉妒，总想着，这些要都是自己的该有多好啊！于是，他打算偷偷地到邻居家的麦田里偷麦子，还自我安慰说：“如果我在每块麦田里只偷一点儿，邻居是不会发现的。”

于是，这个人在一个漆黑的夜晚，偷偷地带着他的孩子和工具向邻居的麦田溜去。

到了田里，这个人小声地对孩子说：“如果有人来了就大声喊。”说完，他就溜进第一块麦田开始收割。可是没一会儿，孩子就高声喊起来：“爸爸，有人看到你了！”他急忙向四周看了看，但是一个人也没看到，就急忙把割下的麦子收好。

这个人走到第二块麦田里，“爸爸，有人看到你了！”孩子又大声喊起来，他停下来，向四周望了望，还是没看到有人来。于是又把割下的麦子收好，又朝第三块麦田走去。

过了一会儿，孩子又大声喊起来：“爸爸，有人看到你了！”这人又停下来向四周张望一下，还是没看到有人。接着他又溜进最后一块麦田，一会儿，又听到孩子喊着同样的话，他又向四周看了看，还是没看到有人。他生气地对孩子说：“四周什么人也没有，你为什么总喊啊？”孩子低声说道：“有人在天上看见你了。”这个人听后张着嘴巴说不出话来。

性格密码

没有诚实，又何来尊严？人在做亏心事的时候，不要总以为别人不知道，就连小孩子都明白的道理，大人怎么会不知道呢？只是被一时的贪欲蒙蔽了思想。所以说，任何不诚实的行为都不可能长久地隐藏下去，总有被发现的一天。

两条路

有一位士兵，非常不善于长跑，所以在一次部队的越野赛中，他很快就落后于别人。他一个人孤零零地跑着，转过了几道弯，遇到了一个岔路口。这个岔路口有两个分叉，其中一条路，标明是军官跑的，而另一条小径，则标明是士兵跑的。

士兵迟疑了一下，便朝着士兵的小径跑去，尽管他也在猜想军官的那条路一定比脚下的这条路要宽广、平坦得多。

出人意料的是，半个小时后，他就到达了终点，而且还名列第一。他感到不可思议，自己从来没有取得过越野比赛的名次不说，连前50名也没有进过。但是，主持赛跑的军官却笑着恭喜他获得了比赛的胜利。几个钟头后，其他人才跑到终点线，他们累得筋疲力尽，却看见那个远远落后于自己的士兵赢得了比赛！

原来，只有这个士兵是沿着士兵的小径跑的，而其他人，无一不是自作聪明地跑了军官那条路！

性格密码

诚信，就是一双价格不菲的鞋子，穿上它纵然踏遍千山万水，也会永恒不坏，它会一直陪伴着你走完人生的陡壁、悬崖。因此，在无人知晓的岔路口诚实守信，是多么重要！

承诺

很久以前，有一位国王，他的女儿个个漂亮非凡，尤其是他的小女儿。国王把她们视为掌上明珠。

宫殿附近有一大片幽暗的森林，在一株老菩提树下，有一口水井。天气闷热的时候，小公主常常到森林里去，坐在清凉的井边上，取出她心爱的玩具——一个金球把玩。

这天，小公主正在高高兴兴地玩她的金球，可是，一不小心失了手，金球滚落到了井里。小公主为此急得失声痛哭起来。一只青蛙在井底听到了公主悲戚的哭声，心生怜悯，探出头来问道："公主，你这是怎么啦？为什么哭得这么伤心？"

小公主听到声音，马上停止了哭泣，因为她发现自己的周围并没有人。最后，她发现原来声音是井里那只探出丑陋的大脑袋的青蛙发出来的。于是，就将自己的不幸遭遇告诉了他。

“别难过，我可以帮助你拿回金球，可是，你拿什么报答我呢？”青蛙说道。“我可以给你我的衣服、珍珠、宝石，还有我头戴的金冠，只要你帮我拿回金球，你要什么都可以，只要我有的。”小公主说。

“可是，公主，你说的这些我都不想要。我只想做你的朋友，陪你一起玩耍，跟你同吃同住，你开心的时候我陪你开心，你伤心的时候我陪你一起落泪。如果你答应让我做你的朋友，我就下去帮你捡金球。”青蛙说。

公主急于找回自己的金球，没多想就答应了青蛙的请求，但她心里却高傲地认为：“真是异想天开，一只青蛙竟然想跟我做朋友。”

青蛙遵守承诺，不多会儿工夫，就帮公主找回了她的金球。公主心爱的玩具失而复得，她很快就高兴地跑开了，无论青蛙怎么呼唤她，她都不理。

第二天，公主正在跟父王就餐。突然，她听到一个声音：“公主，快开门啊！”打开门，公主便发现了那只气喘吁吁的青蛙。“我们不是有约在先吗？你怎么不带我走，而是一个人离开了呢？”公主闻讯，慌忙把门关上了。国王见她心慌意乱的样子，问：“孩子，干嘛这么胆战心惊，该不是门外有个巨人要抓你走吧？”“唉，不是什么巨人，而是一只讨厌的青蛙。”她回答。“青蛙？ 它找你做什么？” 父王问道。于是， 公主将自己的遭遇一五一十地跟国王讲了一遍。

让公主万万没有想到的是，国王听后拍案而起，痛斥她不守约定。于是，公主迫于压力，接纳了青蛙。

一天下来，公主为了兑现自己的诺言，迫不得已地与青蛙一起吃饭，一起玩耍，她懊恼万分。结果，到了晚上，青蛙竟然说要按照先前的约定，跟公主一起睡觉，如果公主不允，它就要告诉她的父王。

公主听青蛙威胁自己，她再也按捺不住心中的怒火，一把抓起青蛙，狠狠地朝墙上摔去，“你这讨厌的家伙！我叫你无理，叫你不老实。”

可是，青蛙刚一落地，就已经不是青蛙，而是变成了一位非常英俊的王子。于是，遵照国王的旨意，他做了公主亲密的伴侣和丈夫。

原来，王子是中了一个狠毒的妖婆的魔法，除了公主之外，谁也不能将他救出那口水井。

第二天，王子跟公主便一道回他的王国去。清晨，太阳唤醒了他们，一辆八匹马的马车已经候在门外，马头上插着白色的鸵鸟毛，马身上套的链子金光闪闪，车后边站着王子的仆人，他就是忠诚的亨利。

亨利在他的主人变成一只青蛙的时候，悲痛欲绝，于是在自己的胸口上箍了三道铁箍，为的是不让自己的心难过得破碎。现在，王子得救了，他心中自然充满了喜悦。

走了一段路后，王子听见车子后面发出“咔啦”“咔啦”的响声，于是说道：“亨利，车子破了。”“不，主人，不是车子，是我心口上的铁箍，当你被妖术控制而变成青蛙的时候，我为了自己的心不会由于痛苦而破碎，就找人给自己的心口上了三道铁箍。现在你得救了，铁箍也就自然要脱落了。”王子听后，感动不已！

性格密码

承诺不是一句简单的谎言，即使脱口而出，也要负起责任。因此，倘若没有足够的心理准备，不要轻易地许下承诺，否则于己于人都是一种莫大的伤害。

真理永在

从前，真理与谎言在路上相遇了。

在相互问好之后，谎言问："你最近还好吗？"

"不好。"真理叹了口气，"你知道，现在这个世道对我这样的人来说简直太难过了。"

"是的，我明白这点。"谎言说着打量了一下衣衫褴褛的真理，"看你的样子，已经挨饿很长时间了。"

真理承认说："好像现在谁也不想雇用我。无论我去哪里，大多数人都不理睬我，有的还嘲笑我，这太让我灰心了。我开始问自己为什么要忍受这一切？"

"对呀，你为什么要忍受这一切呢？跟我走，我会教你如何做事。你不能像我这样饱食终日、衣冠楚楚，真是没有道理。但是你必须发誓，当我们在一起时你绝不能反驳我。"

于是，真理发了誓，同意与谎言在一起待上一段时间。他这样做并不是因为他喜欢与谎言为伍，而是因为他饿得太厉害了。如果再不吃点儿东西，就会晕倒的。他们来到一座城市，谎言立即带他到城里最好的餐馆吃饭。

“服务员，请端上你们这里最好的饭菜、甜品与最好的酒！”他喊道。然后他们大吃大喝了近一个下午。直到他们再也吃不下的时候，谎言开始用拳头猛敲桌子，大声叫餐馆的经理。经理闻声立即跑了过来。

“这是个什么鬼地方？”谎言厉声说道。“大约1小时前我就付给那个服务员钞票了，但他还没有把零钱找给我。”

经理把服务员叫过来，但服务员说根本没有见过那位先生付钱。

“什么？”谎言大声喊道。他的嗓门把餐馆里所有客人的目光都吸引了过来。“这个地方太不讲信用了！遵纪守法的人到你们这里来吃饭，你们却想抢夺他们辛辛苦苦挣来的钱！你们是一群强盗和说谎者！这次你们可以欺骗我，但我以后再也不会来你们这个地方了！给你！”他摸出几张钞票扔给经理，“这次该找我零钱了吧！”由于担心自己餐馆的声誉受到损害，这位经理不但拒收钞票，而且还给谎言先生找了他所谓的零钱。然后他把服务员拉到一边，骂他是个无赖，并声言要解雇他。不管服务员如何据理力争，说自己根本没有收谎言先生的任何钱，经理还是不相信他的话。“唉，真理，你躲到什么地方去了？”服务员叹息道，“难道你也要抛弃我们这些勤劳的人吗？”

“不，我在这里，”真理暗自说道，“不过，我明辨是非的能力为饥饿所取代了。现在只要我一张口，就会违反我对谎言所发的誓言。”

谎言和真理一来到大街上，谎言立刻放声大笑起来，然后拍着真理的脊背说："你知道世界是怎么回事了吧？"他继续大声喊道："难道你不认为我能轻松自如地驾驭它吗？"

听到这里，真理坚决地从谎言的身边走开了。

"我宁愿饿死也不会像你那样生活。"真理说道。

于是，真理与谎言分道扬镳，再也没有一起走过。

性格密码

不得否认，有时候谎言会取代真理，占据上风，但这只是暂时的，任何时候我们都要牢记，真理永远与我们同在，并永远支持、激励着我们去战胜谎言。

谁是胜利者

很久以前，真理、谬误、水和火一起出门旅行，遇见了一群牛。经过商量，他们决定把牛群平分为四份，以便每个人都能带相同的一份回家。

但谬误很贪婪，他想自己得到更大的一份。

"我跟你说，"谬误把水拉到一边，低声耳语道，"火是想把你岸边的草啊、树啊都烧光，把你的牛群赶过平原，以便据为己有。如果我是你，我现在就去把他灭掉，然后我们每个人就可以分到更多的牛了。”

水并不聪明，于是信了谬误的话，立即扑上去把火浇灭了。接着，谬误又巴结上了真理。

“你瞧，水都干了些什么？”谬误嘀咕道，“他杀死了火，抢占了火的牛，我们怎么可以与这样的人为伍呢？我们把他所有的牛赶到山里去吧？”

真理也跟水一样不聪明，偏信了谬误的话。于是，他们一起把牛赶到了山里。

“等等我。”水大声喊着。可是，谬误跟真理头也不回地向山里走去，水上不了山，只好独自待在峡谷里。

这时候，谬误转向真理，诡异地笑了。

“我骗了你，笨蛋。”谬误尖声叫嚷着，“现在，你必须把所有的牛都给我，然后你来做我的仆人，不然我就要消灭你。”

“是的，你骗了我，”真理痛恨地说道，“但是我绝对不可能做你的仆人，永远不能。”

于是，真理与谬误扭打在一起，不可开交。就这样，他们对立了很久，也无法分出胜负。最后，他们决定找风来做裁判，判定谁是最后的赢家。于是，风呼啸着来到山坡上，听了双方的陈述。

智慧的风最后说道：“我无法在你们的争斗中判定谁是胜利者。”风稍许停顿了一下，接着说道：“真理和谬误生来就针锋相对，有时候真理会赢，有时候谬误会暂时占上风，而这时候，真理只好等待机会再来争斗。世界存在一天，你们就会争斗一天，但我要提醒真理，千万不要放松和趴下，否则，你就永远失势了。”

真理听了风的话，再也没有跟谬误同行过，而且时至今日，他们还在继续争斗！

性格密码

真理与谬误，生来就势不两立，有时，谬误会暂时领先，但真理永远不会消亡。只要你勇于发现它，它就站在谬误的背后。因此，任何时候都不要因为一时的险阻，而放弃对真理的追求！

寄信人

阳光明媚的下午，医院的走廊上，一个男孩和一个女孩相遇了。不知是否是因为同病相怜，他们很快就成了很要好的朋友，仿佛已相识多年。

从那以后，男孩和女孩相伴度过了一个又一个日出日落。两人都不再感到孤独和无助了。

终于有一天，男孩和女孩均被告知他们的生命即将结束，但他们并没有把这个消息告诉彼此。

男孩和女孩各自回家了，病情在一天一天地恶化，但他们都没有忘记彼此间的约定——写信给对方，鼓励对方勇敢地活下去。三个月后的一天下午，女孩手中握着男孩的来信，安详地合上了双眼，嘴角边带着一抹淡淡的微笑。

女孩的母亲悲痛欲绝，她默默地拿过男孩的信，一行行有力的字跃入眼帘："……当命运捉弄你的时候，不要害怕，不要彷徨。因为还有我，还有很多关心、爱你的人在你身边，我们都会帮助你、保护你，你绝不是孤身一人……"

信纸在母亲的手中一点一点地变湿润了。女孩走后的第二天，母亲在女儿的抽屉中发现一叠未寄出的信，最上面的一封写着"妈妈收"。母亲疑惑地拆开了信，是女儿熟悉的字迹，上面写道："妈妈，当您看到这封信时，我已经离开人世，离开您了。但我还有一个心愿没有完成。我和男孩曾有一个约定——我们要坚强地活下去，谁也不能丧失信心。可是我知道我是无法履行诺言了。所以，在我走之后，请您代我陆续将这些信寄给他，这些信能给他一些快乐，让他增添与病魔抗争的勇气……"

母亲再次哽咽了，泪水再次打湿了信纸。她无法再克制自己的感情，她感到有一种力量促使她要去见一见这个男孩。

女孩的母亲按信上的地址找到了男孩的家。可是，她一进门便怔住了，因为她看到客厅的墙上挂着一个黑色的镜框，里面是一个曾经生机勃勃的男孩的照片。开门的妇人一脸忧伤，不等她开口，女孩的母亲就已经得知这是男孩的母亲。

当女孩的母亲表明来意后，男孩的母亲缓缓拿起桌上的一沓信，哽咽地说："这是我儿子留下的，他一个月前就走了，但他说，还有一个与他命运相同的女孩在等着他的信，等着他的鼓舞，所以这一个月来，我代他寄出了那些信……"

两位母亲紧紧地拥在一起，泣不成声！

性格密码

生命不复存在，但诺言仍在继续，这就是对生命的承诺！它犹如一块金灿灿的金子，闪着金光，它不是金子，但它却比金子更加珍贵！

少了一个发夹

国王有七个女儿，这七位美丽的公主是国王的骄傲。她们那一头乌黑亮丽的长发远近皆知。所以，国王送给她们每人100个漂亮的发夹。

一天早上，大公主醒来，一如往常地用发夹整理自己的秀发，却意外地发现少了1个发夹。于是，她偷偷地来到二公主的房里，拿走了1个发夹。

二公主起来梳妆打扮时，发现自己少了1个发夹，便到三公主房里拿走了1个发夹；接着三公主偷偷地拿走了四公主的1个发夹；四公主又如法炮制，拿走了五公主的发夹；五公主又同样拿走了六公主的发夹；六公主只好拿走了七公主的发夹。

到头来，只有七公主的发夹剩下了99个。隔天，邻国英俊的王子忽然来到皇宫，他对国王说："昨天我养的百灵鸟叼回了1个发夹，我想这一定是属于公主们的，而这也真是一种奇妙的缘分，不晓得是哪位公主丢了发夹？”

公主们听说了这件事，都在心里说：“是我丢的，是我掉的。”可是，明明有完整的100个发夹，所以她们都不好开口。只有七公主走出来说：“我丢了1个发夹。”一头漂亮的长发因为少了1个发夹而全部披散下来，王子不由得看呆了。

最后，王子与七公主结为连理，过上幸福美满的生活。

性格密码

塞翁失马，焉知非福，失去1个发夹，并不代表你从此就失去了幸福，而得到了那个发夹，更不代表你就会收获幸福。很多时候，人生就这么出其不意，往往会因为存在缺憾而变得更加完美！

第七章 乐观开朗，开启女孩的幸福之门

有一句谚语说："乐观使你倾向于幸福、健康、事业顺利；悲观使你倾向于绝望、患病、失败、忧郁、孤独和怯懦。"事实的确是这样。心理学家研究证明，乐观的人不仅身体更健康、事业更成功，也会获得更大的幸福感。对于女孩来说，乐观更是一种不可或缺的性格，它能使女孩保持心情的愉悦，在遇到困难时看到光明和希望。

构建快乐

很久以前，田野里住着田鼠一家。每当秋末冬初的时候，大家总是忙碌着收藏坚果、稻谷和其他食物，为过冬做准备。可是，有一只叫作弗雷德里克的田鼠却很例外，他不但不忙碌地收藏食物，反而总是懒洋洋地站在太阳下边。

“弗雷德里克，你为什么不干活呀？”其他田鼠问道。

“我正在干活呀。”弗雷德里克回答。

“那你正在忙些什么呢？”

“我在收藏阳光、颜色和快乐。”

“什么？”其他田鼠说道，“真是笑话，我们从来都没听说过，这些东西还可以收藏。”于是，其他田鼠相互看了一眼，就开始笑起来，而弗雷德里克却毫不理会。

冬季很快就来临了，天气越来越冷。田鼠们感到枯燥无聊，就去找弗雷德里克，一见面，他们便问道：“弗雷德里克，打算怎么过冬呢？你能把你收藏的东西和我们分享一下吗？”

“你们先闭上眼睛。”弗雷德里克说。

田鼠们有点儿奇怪，但还是闭上了眼睛。

“看，这是我收藏的阳光。”弗雷德里克拿出第一件收藏品，自豪地说。那是一只很大的箱子，打开后，一团金色的阳光照进来，昏暗的洞穴一下子明朗起来，田鼠们感到很温暖。

“还有颜色呢！”说着，弗雷德里克又从第二个箱子里翻出了各种各样的树叶和花瓣，然后开始生动地描述起红的花、绿的叶和黄的稻穗。田鼠们听着听着，就陶醉了，仿佛眼前真的出现了一片夏季田野的美丽景象。

“你的那些快乐在哪里呢？”田鼠们又问道。弗雷德里克又打开另一个箱子，顿时屋里充满了音乐、笑声和鸟语，大家一时间欢心雀跃，随着音乐的节拍纷纷翩翩起舞，时间很快就过去了。

漫长的冬日里，田鼠们天天都会到弗雷德里克家聚会，大家称赞道：“弗雷德里克，你的收藏简直是太有意义了，多亏了它们，要不然这个冬天还不知道有多无聊、多难熬呢！”

性格密码

构建快乐生活需要太多太多的元素，不是光有食物就足够。因此，要适时地给自己的心情放个假，让自己更好地享受生活带给我们的一切，包括阳光、鲜花、绿意……

“:–)”的由来

如今的互联网上，人们对一个符号已经耳熟能详，那就是微笑符号，它是由一个冒号，一个连字符，再加半边小括号组成的。这一符号是由美国卡内基·梅隆大学教授法尔曼所创造的，因此，他被誉为互联网的“微笑之父”。一切都起源于1982年，当时的互联网并不像今天这样普及，只有少部分的技术精英和专家才会使用。为黑客所喜爱、纯自发性的电子布告栏系统和相对精英化、由服务运营商提供的电子布告栏，几乎构成了当时网络的全部内容。

卡内基·梅隆大学是一所享誉世界的顶级研究型大学，毫无疑问地跻身世界高端技术的行列，它很早就开辟了校园电子布告栏。卡内基·梅隆大学的师生们，经常通过电子布告栏探讨各种问题，从严肃到荒诞无所不包。偶尔，也会发生类似于后来互联网上经常出现的口水战。

可很快，人们就发现，由于互联网上的交流是纯文字的，彼此间看不到对方的表情，一些原本开玩笑的话语经常被“认真对待”，甚至被错误地当作了严肃警告，因此引起了很多不愉快的误会。

为了避免这种情况一再发生，师生们在电子布告栏上展开了激烈的口水战。这时，法尔曼教授率先提出，发言者可用符号“:-)”表示自己开玩笑的话。

“:-)”，微笑符号一诞生，就受到计算机使用者的青睐，因为一个小小的符号，便能消除彼此间一些不必要的误会，因此，微笑符号很快风靡了整个网络。后来，随着计算机技术的突飞猛进和个人电脑的普及，微笑符号“笑”遍全球。以此见证，全世界人民对和平、友好、快乐的共同追求。

现在，微笑符号“:-)”已经被广泛运用到网络聊天、手机短信中，人们用这个简单的符号，表达着他们的快乐、喜悦和安慰。

性格密码

文字相对语言是无声的，因此，相对语言也是很容易让人误会的。而符号的诞生，使文字不再单调，而是将人的内心情感表露出来。这时，互联网的作用已由简单的文字交流，上升为人与人之间心灵的交流和沟通。误会减少了，快乐就会随之而来。

阳光心灵

一个名叫玛萨的女人，一直被艾美斯铭记在心，那是因为她最喜欢说一句话“真走运啊”，这几乎就是她的代名词。事实上，玛萨并非那种特别“走运”的人。她在街边开着一家小小的杂货店，只是出售一些糖果、烟草、铅笔之类的小东西。

每天，玛萨就端坐在店门口的柜台后面，面带微笑地招呼着客人。闲暇时，她便用五颜六色的丝线编织一些小饰物，如手链、发带等，编好之后，就挂在自己的小杂货店里，碰到喜欢这些小饰物的顾客，就可以廉价把它们买走。

一天，艾美斯再次经过玛萨的小杂货店，被她编织的一件精巧的笔袋所吸引，笔袋是淡绿色的，看起来像极了一束娇嫩的草。看见艾美斯站在柜台前，玛萨由衷地说：“今天真走运啊，你看，春光多美！”

“你编织的这笔袋，就好像是春的颜色。”艾美斯说。

“我真走运，遇到了一个了解我心思的人！”玛萨听后，兴高采烈地说道。

艾美斯买下了这个笔袋，可是，她从此更是记住了那个“走运”的女人。从那以后，艾美斯一有时间，就会光顾玛萨的小店，有时买些东西，有时只是看看，有时只是和她随便聊上几句。因为在艾美斯的朋友圈子里，很少有人认为自己很走运，即使在外人看来，有些人已经过得相当不错了，但他们仍觉得自己不够走运，总是跟艾美斯抱怨生活给予他们的太少。

在艾美斯的眼里，玛萨简直就是个另类，她终日无聊地坐着，生活拮据，只能简单地度日，然而，她却时常认为自己很“走运”。

一天中午，艾美斯又路过小店，玛萨正在吃午饭——面包蘸着果酱。看见艾美斯，她便笑笑说：“今天真走运，这面包简直太好吃了！”

艾美斯还清楚地记得，一次，她在玛萨的小店里买了一顶太阳帽，并告诉玛萨自己要去爬山。玛萨高兴地说：“你真走运啊！爬山真好。”她请艾美斯归来时替她带一张山上的风景照。几天后，艾美斯如约把拍得最好的一张照片带给玛萨。她还怂恿玛萨，哪天干脆请人照看一下店铺，亲自去看看山上的风景。

“有缆车吗？”玛萨问。

“当然有。”艾美斯回答道。

“真的有？太走运了，和我想的一样，要是有一天，我也能去看看，那就太好了！”玛萨高兴地说道。

“其实，不必坐缆车，慢慢往上攀，那才有意思。”艾美斯建议说。

“是啊！是啊！我梦想过这样。”玛萨笑笑说。

自从那次到过玛萨的小店后，艾美斯就很久没有去过了，因为她开始了一次长途旅行。

很久后，旅行结束了，艾美斯想把自己挑选出的一些最美的登山风景照送给玛萨。可是，当她兴高采烈地来到玛萨的小店时，却发现换了店主。

新店主告诉艾美斯，玛萨去世了。艾美斯怔了许久，问道："那你知道，她去世前曾爬过山吗？"这时，正忙着做生意的店主，突然停了下来，十分惊讶地说："什么，爬山？不会吧？"这时，艾美斯才知道，原来玛萨整天坐在特制的轮椅上看守小店，是因为她是个下肢瘫痪的女子。

就在艾美斯外出旅行的一天，玛萨突然昏倒了，许多人过去帮忙搀扶她，当她苏醒过来看见大家时，面带微笑而真诚地说道："谢谢大家，我真走运……"

说完，玛萨再次昏了过去，之后再也没有醒来……

性格密码

或许，你比故事中的女主人公要幸运百倍甚至千倍，但你却从来不觉得自己很走运。那是因为你不曾怀有一颗感恩而快乐的心。快乐是阳光，但阳光也只能洒在向阳的地方，如果你的心本被阴霾遮蔽，即使阳光洒进来，仍旧是一片灰色的影子！

真爱金不换

在美国，有一家报社通过统计声称："一个中等收入的美国家庭，养育一个孩子，从孩子出生到他18岁，约需16万美元，这还不包括孩子读大学的费用。18年花16万美元，折算下来，平均每年

8889美元，每月741美元，每星期185美元，每天26美元，每小时约合1美元。”

这则报道，恰巧被一位母亲看到了，于是，她给报纸撰文说：

“这笔费用实在惊人，但比起孩子给我们带来的快乐，它就不算什么了。16万美元的付出，可以换来很多意想不到的快乐。”

首先，孩子的出生让你拥有了命名权，你完全可以根据自己的喜好，给孩子命名。倘若这个名字是艾森豪威尔或者乔治·布什，你就赚大了；孩子让你把自己小时候许多已经忘掉的事情重新记了起来，至少看到你的孩子，你大概就可以推测自己童年时的模样；你可以经常接受亲吻或者献出亲吻；你再次有机会与石头、蚂蚁、云朵和温暖的小甜饼成为朋友；有一只蘸满果酱的小手，会时常紧紧地牵着你；你多了一个伙伴，可以一起吹气球、放风筝、堆沙堡，一起在大雨中的人行道上跳跃而行；你可以和一个人在一起尽情地傻笑，即使刚刚受到老板的责备或是听到股票跌得一塌糊涂的消息。

除此之外，付出16万美元，还可以让你返老还童，又开始对捉迷藏、抓萤火虫产生兴趣，继续相信圣诞老人的存在；你终于有借口涂指甲油、雕南瓜玩具，而不被人笑话成老顽童；你可以继续阅读《淘气熊历险记》、欣赏周六早晨的卡通动画、观看迪斯尼电影、期待流星出现；你又重新开始折叠飞机的游戏，并且开始设计彩虹和心形的磁铁；你可以再次对着星星许愿，不过，你现在的愿望只有一个，那就是祝愿自己的孩子健康、茁壮成长。

你开始成为英雄，仅仅因为你取下了车库顶上的飞盘、卸掉了自行车上的辅助轮，清除了一堆玻璃碎片、填平了一个浅水坑、巧妙地弄掉了发梢上的一撮口香糖、训练了一支老是赢不了却总能得到冰激

凌的棒球队。

你有机会坐在最近的位子上，观看孩子们的成长历程，见证他们第一次学会走路、第一次开口说话、第一次与人约会、第一次开车上路和第一次找到工作的喜悦。

付出16万美元，你还可以接受在大学里根本学不到的知识：如心理学、护理学、交际学和生理学等；你能够如愿以偿地成为一名“教师”，帮助孩子纠正生活中的过错，赶走床下的“魔鬼”，缝合他们受伤的心灵；你可以给予孩子谆谆教诲，毫无保留地爱护他们，等到有一天，他们就会反过来喜欢你，不计成本地爱你……

我们确实付出了很多，可是这样算来，我们的收获难道还少吗？有一天，我们的孩子长大了，他们也将这样地去爱、去付出。然后，他们也一样得到报答，周而复始，这是一件多么美妙的事情啊！

性格密码

大多数家长，都在计算孩子的成长到底需要多少钱，而很少有家长将孩子带给自己的快乐进行量化计算。其实，很多东西真的是金钱换不来的，孩子带给你的一切，又怎么是金钱可以衡量的呢？既然如此，就从这一刻开始，转变自己的思维，别再计算孩子的成长到底需要花掉我们多少钱，而是计算孩子到底带给了我们多少快乐吧！

快乐就是零负担

从前，有一只快乐的兔子，她非常喜欢看天上的月亮。于是，只要一有空闲，她就会坐在一棵老槐树下痴痴地望着夜空。月圆时，她很快乐，因为那时她觉得月亮简直就像一面发光的镜子，美极了！月缺时，她同样很快乐，因为那时她又会觉得月亮像一只挂在树梢上的香蕉，非常有趣！即使阴雨天，她仍然很快乐，因为她觉得那是月亮在跟自己躲猫猫！

兔子对月亮的喜爱打动了月神，一天，他对兔子说："既然你这么喜欢月亮，那我就把它送给你好了。"

兔子听了，惊喜至极，心想："从此以后，月亮就是属于我一个人的了。"随后，月神便把月亮送给了兔子。

得到了月亮，兔子快乐极了，可是，这样的快乐没过多久就消失得无影无踪了，兔子开始郁郁寡欢。

原来，自从自己拥有了月亮，她就开始为月亮担心。月圆时，她担心夺目的月亮会招来嫉妒和争抢；月缺时，她疑心有人偷取了月亮；乌云遮月时，她生怕月亮被云夺去……

总之，原先美好的一切已经不复存在，她总是不停地为月亮担心。于是，兔子伤心地问老槐树："槐树爷爷，为什么我得到了，反而不快乐了呢？"

"因为你总在想：'这是我的月亮！'"老槐树若有所思地

答道。

兔子恍然大悟，原来从前之所以快乐，是因为“那不是我的月亮”。于是，她找来了月神，请求他收回月亮，把它重新挂在高高的天上。月神收回了月亮，并擦洗掉了兔子拥有过月亮的记忆。

兔子，又做回了那只每晚都坐在老槐树下，痴痴地看月亮的快乐兔子！

性格密码

得到的同时，你一定也在失去，而得到却永远也代替不了快乐。你往往由于得到而不快乐了，因为你开始为得到的物喜、物悲。因此，不要总是为失去而难过，因为你在失去的同时往往收获了快乐。

盲人的春天

一个特别漫长的冬季，我独自一人居住在纽约。突然有一天，寒冷悄然消失了，空气中弥漫着沁人心脾的春天的芳香。窗外，一只小鸟在不停地欢叫着，就像是在邀请我外出。

走在春天的大街上，我冲着太阳的方向仰起了脸，还它一个灿烂的微笑，作为对它给我温暖的回报。

我沿着街区的小巷慢慢地踱着步子，我的邻居热情地向我打着招呼，问我是否需要搭个便车。“不，谢谢了。”因为我的双腿已经休息了整整一个冬天，我的血管急需运动，我想自己走一会儿。

走到街角的时候，我像往常那样停了下来。但等了好半天，都没有人走近我。于是，我继续耐心地等待，随口哼起了一首动听的歌曲。那是一首欢迎春天到来的曲子，当我还是一名学生的时候，就已经对它的曲调烂熟于心了。

突然，一个柔美的女声在我耳边响起：“尊敬的先生，听您的歌声，我就能肯定您是一个非常有趣的人，不知我是否有幸和您一起过马路？”

“好啊！”我微笑着高声说，因为我没有理由拒绝这样的邀请。于是，她温柔地挽起我的手臂，我们一边向前走，一边谈论着美好的天气以及生活在这美丽春天里的快乐。我们快要走到马路对面时，身后传来不耐烦的汽车喇叭声，显然有人在催我们了。

我们快走几步过了马路。当我转过身来，想感谢这位女士的慷慨帮助和陪伴时，她却先开口了：“您知道吗？能够有您这么快乐的人陪伴我这个盲人过街，真是一件非常愉快的事。”

于是，那个春光明媚的日子便永远留在了我的记忆之中。

性格密码

春天的早晨、枝头的小鸟、友好的邻居、微笑的过客，这些不都是生活赐予我们的快乐吗？只是有些人，不愿意去发现和感受罢了。

过好当下

玛丽一直是一个谨小慎微、循规蹈矩的人，她习惯于用保守的目光审视生活中的一切，在安排任何事情的时候，都喜欢留有余地，总是认为有备无患。可是，自从玛丽参加了一个好友的葬礼之后，她几乎就像变了一个人一样，完全改变了自己的生活理念。

就在参加完好友葬礼的当天晚上，玛丽回顾了自己全部的生活，她还发誓说：自己不要学泰坦尼克号上那个傻女人，只有在大船下沉，生死未卜之际，才悔恨地哭泣道："早知道这样，我就把那甜饼、巧克力、奶酪痛快地吃个够。"

玛丽先从那个装满了旧裤袜的抽屉着手，把那些穿不了而且一看就讨厌的旧东西统统丢进了垃圾桶。她还把放在门厅那支积满了灰尘的玫瑰形大蜡烛点燃烧掉。还有车窗，上面有一条长5厘米的裂缝，原来一直想等卖车的时候再修好。现在，她却改变了主意，很快就把它修好了。

紧接着，在丈夫看来，玛丽更是作了一个很惊人的决定，那就是她去银行提出了全部存款，然后，准备全家到非洲来一次长途旅行，要知道，那是她丈夫提议过无数次，而被她拒绝过无数次的事情。现在，她却完全想通了。

玛丽还去艺术学校报名学习芭蕾舞，要知道，那是她多年的夙愿。接下来，她把假花扔掉，然后，在自己的小庭院里种上一片青葱的蔓藤和花草。她还准备把一块块小地毯收起来，让赤裸的脚想踩在哪里就踩在哪里。

丈夫对这一切不解，玛丽解释说，她已经开始重新认识生活了，她要把每个日子都当作一生中的最后一天来度过！

性格密码

每天看到太阳升起，这是多么幸运的事，因为有很多人已经看不到了。这样说，难免悲伤，但谁都无法摆脱生老病死的循环。因此，从现在开始珍惜生命吧，把每一天都当作生命中的最后一天来度过。你会发现，今天这一天过得很有意义、很快乐！

培育快乐

上帝要求幸福之神把一把快乐的种子撒播到人间。临行之前，上帝仍不放心地问：“你准备把它们撒到什么地方去呢？”

“我已经想好了，把这些种子放在最深的海底，让那些寻找快乐的人，只有经过了大海惊涛骇浪的考验后，才能找到它。”幸福之神胸有成竹地说。

上帝听了，微笑着摇了摇头。

幸福之神思考了一会儿，说道：“那我就把它们藏在高山之上吧，让那些寻找快乐的人，只有通过艰难的攀登之后，才能发现它。”上帝听了，仍然摇了摇头。

幸福之神茫然了。

“你选择的这两个地方，其实都不难找到。你应该把快乐的种子撒在每个人的心底。因为，人类最难到达的地方，就是自己心灵的港湾。”上帝意味深长地说道。

性格密码

快乐是每个人的梦想。人们寻找快乐时，殊不知，快乐的种子已经在自己的心中掩埋。只要你善于去发现它、培育它，快乐就会在你的心底生根发芽！

快乐很简单

杰克，在一家脚踏车修理店当学徒，每逢人们送来一部有故障的脚踏车，杰克总是耐心地把它修好，然后把它整理得漂亮如新。其他人总是笑他多此一举，但杰克却总是保持沉默。一个星期过后，杰克就被一个来修脚踏车的人请进了自己的公司。

原来出人头地很简单，吃点儿亏多做点儿事就可以了。

有个小孩对母亲说：“妈妈今天好漂亮!”母亲问：“为什么？我今天跟以往有什么不同吗？”小孩说：“有啊，今天妈妈没有生气。”原来拥有漂亮很简单，只要不生气就可以了。

有个农场主，每天都会叫他的孩子在农场内辛勤工作。朋友对他说：“你的孩子不用如此辛苦，农作物一样会长得很好的。”主人回答说：“我不是在培养农作物，而是在培养我的孩子。”

原来培养孩子很简单，让他吃点儿苦头就可以了。

有一家商店经常灯火通明，有人问：“你们店里用的到底是什么牌子的灯管？怎么如此耐用？”店家回答说：“我们的灯管也常常坏，只是坏了，我们就及时更换而已。”

原来保持明亮的方法很简单，只要常常更换就可以了。

住在田边的青蛙对住在路边的青蛙说：“你住在那里太危险了，搬来跟我一起住吧!”路边的青蛙说：“我已经习惯了，懒得搬了。”几天后，田边的青蛙去探望路边的青蛙，发现它已被车子碾死在路上。

原来掌握命运的方法很简单，远离懒惰就可以了。

有几个小孩子很想当天使，上帝给他们一人一个烛台，让他们每天擦拭保持光亮。一天、两天过去了，上帝再没露面，那些小孩就不再擦拭烛台。有一天，上帝突然造访，几乎每个孩子的烛台都蒙上了厚厚的灰尘。只有一个小孩，大家都叫他“笨笨”，即使上帝没有来，他也每天都擦拭，结果这个笨小孩就成了天使。

原来成为天使很简单，只要实实在在做事就可以了。

有一支淘金的队伍在沙漠中行走。大家都步伐沉重，痛苦不堪，只有一个人快乐地走着。别人问他：“你为何如此惬意？”他笑着回答：“因为我带的东西最少。”

原来快乐很简单，只要拥有少一点儿就可以了。

性格密码

生活，原本是一杯清水，其中的百味在于你的调试。想让生活变得美好，你在水里稍稍地加一点糖就可以了。相反，想让生活变得难过，你只要稍稍地在水里加一点盐就可以了。因此，生活其实很简单，就看你想往杯子里加些什么。

第八章 拥有信念，托起女孩明天的太阳

有一句流行语：“有什么样的定位，就有什么样的人生。”事实的确是这样，一个人如果要想获得成功，除了发挥出自己巨大的潜力之外，还要给自己找准一个人生的定位。爱因斯坦曾说过：“由百折不挠的信念所支持的人的意志，比那些似乎是无敌的物质力量具有更大的威力。”

不放弃希望

如果，你会因为认识一位新朋友而兴奋和快乐，那么，你仍然拥有希望。

如果，你还跟往常一样向他人伸出关爱的双手，那么，你仍然拥有希望。

如果，你仍会为收到一封意料之外的贺卡或者信件而惊喜，那么，你仍然拥有希望。

如果，你仍然会对他人的不幸而痛苦不安，那么，你仍然拥有希望。

如果，你坚决不让每一份友谊走向灭亡，那么，你仍然拥有希望。

如果，你仍爱观看爱的故事，并期待故事的结局会圆满，那么，你仍然拥有希望。

如果，你回顾过去时仍会微笑，那么，你仍然拥有希望。

如果，你面临糟糕的境地，又被告知你的努力白费了，你还能以“尽管如此，但是……”的句式结束对话，那么，你仍然拥有希望。

希望，就是如此奇妙，它会弯曲、会变形，有时候还会隐藏，但它却很少会折断。当我们陷入困顿、失望的时候，是它在支撑着我们，给予我们艰难前行的勇气和信心。即使在人生道路上最暗淡的角落，它同样能释放光和热。它虽然异常珍贵，却毫不吝啬，我们每个人的身上都能找到它。所以，你要学会在任何时候都不轻易放弃希望！

性格密码

希望，是支撑每个人走下去的原动力，没有人可以在毫无希望的生活中过活。需要提醒大家的是，生活没有死角，只要你愿意改变自己脚步的方向，你就会发现，希望其实就在自己脚下。

为何不带伞

一年夏天，干旱严重威胁着小镇上所有农作物的生命。小镇上的居民大多是虔诚的基督教徒，一个炎热的星期天，镇里的牧师告诉来教堂做礼拜的群众：“除了祈求下雨外，没有任何办法能救我们。现在，请大家都回家去祈祷吧，下周末再来到教堂做礼拜时，大家务必做好感谢上天为我们普降甘霖的准备。”

于是，所有的人都按牧师嘱咐的去做了，回到自己家里，虔诚地祈祷上天为干旱的小镇普降甘霖。

很快，下个周末到了，人们相约来到教堂。结果，牧师一看到他们就勃然大怒，呵斥道：“我们今天不能做礼拜了，因为你们根本就不相信今天会下雨。”

“我们都祈求过上帝了，相信今天会下雨！”所有人都反驳。

“你们相信？那你们带的伞在哪里？”牧师接着问道。

所有人都愕然了！

性格密码

既然相信天会下雨，为何不带伞？是因为你根本不相信炎炎的烈日会普降甘霖。这就好比那些天天叫喊自己有梦想的人，但他们从不为实现梦想做准备，因此收获梦想的硕果更是无稽之谈。

获救的探险队

一支英国探险队进入了撒哈拉沙漠的某个地区。炎炎烈日下，漫天飞舞的风沙就像炒红的铁石，拍打着探险队员的面孔。

大家的水早就没有了，口渴似炙，心急如焚，绝望和不安笼罩着整支探险队。这时，探险队长拿出一只水壶，坚定地说："这里还有一壶水，但穿越沙漠前，谁也不能喝。"

水壶就挂在队长的肩上，队员们看着那沉甸甸的水壶，不停地在他的背脊上摇晃，大家濒临绝望的脸上，又露出了欣喜的神情。一壶水，成了穿越沙漠的保障，也成了队员们求生的寄托。

终于，探险队顽强地走出了沙漠，挣脱了死神之手，而且没有一个人倒下。当他们来到一片肥沃的草原时，其中一个队员用颤抖的双手拧开了水壶盖。

那一刻，队员们惊呆了，原来从壶中缓缓流出的不是水，而是细细的沙子！

性格密码

让人濒临绝望的只有死亡，只要希望的火光在燃烧，就会照亮生的路。因此，尽管一壶细沙无法照亮生活之路，但它可以给人无限希望。希望在，生就有了可能！

酸枣树

很久以前，一粒很不起眼的酸枣树种子感到非常幸运，因为它在众多的种子里那么不起眼，但它却幸运地跟着一车的种子被一个农场主买走了。于是，它兴奋地想："今后我的生活便高枕无忧了，'吃'着上好的肥料，'喝'着山顶流下的甘泉，享受着主人的呵护！"

可是，令种子万万没有预料到的是，命运跟它开了一个很大的玩笑，它成了那一车种子中最不幸的一粒。由于司机的疏忽，拉种子的车在路上被一块石头绊了一下，车子颠簸了一下，它就这样被狠狠地甩了出去。

就这样，种子的命运发生了翻天覆地的变化，它滚落进了岩缝中，岩缝荒凉而坚硬。它挣扎、它痛苦、它无助，但是它从未奢望过主人哪一天会突然想起自己，并将自己救起。因为它很清楚，那么多种子中，自己只是很不起眼的一粒，主人哪里会知道它。于是，失望过后，它开始萌生一个念头："活下去！我要活下去！"这个信念，成了它唯一的希望。

突然，种子感到自己的身体下方泛着一点儿潮湿，于是，它开始拼命地吮吸那可怜的、仅有的一点点水分。水，虽说少得可怜，可它仍掩饰不住内心的惊喜：“感谢上天，水给了我生的希望！”就这样，它坚持不懈地天天吮吸着，身体也一天天地膨胀起来。

一天清晨，种子突然感觉到风的温馨，“啊，我长出了小芽！”此时，它心潮澎湃，随风起舞，庆贺自己终于活了下来。这时，它想：“作为新生的生命，总该受到更多的关注吧！毕竟我不再是那粒人们看不见的种子了。”

“嗨，姐姐快来看，石缝里冒出了一个小芽！”一个小姑娘欣喜地嚷道。

“那只是野草！”姐姐不曾低头就笑着说道。

“我不是一棵草，我是一棵大树的种子，为什么看不起我？”种子在心中呐喊。于是，它又坚定了一个信念：“活下去，并且要活得很精彩！”

在顽石的缝隙里求活，本身就是一种挑战，要想活得精彩，种子必须付出成倍的艰辛。于是，它又开始了新的拼搏。挑战来了，烈日炙烤着它，云雾缠绕着它，它承受着，安详而坚韧；雨点打击着它，洪水淹没了它，它挣扎着，飘摇而顽强；狂风来了，它咬紧土地；野兽踩踏过后，它就从活着的根上重新生长……伴随着苦难，它的身体正在一天天强壮起来。

几年过去了，种子长成了一棵树。尽管高不足丈，更没有累累硕果，可是，空气中草木的芬芳，枝叶间阳光的抚慰以及鸟儿的陪伴，让它感受到了成长的乐趣，那一刻，它欣慰，生命终于有了自己的一片天地。这时，两位婀娜多姿的女子走来。

“嗨，姐姐，那不是你说的野草吗？怎么……”其中一位惊喜地说道。

“它竟然长成了一棵树！”姐姐的脸颊泛起红晕，用手抚摸着树干，仰望着树的枝叶。

“你看，树叶上的露水是多么晶莹剔透呀！”妹妹惊喜地叫道。

“我想，那应该是它的眼泪。”姐姐抬起头望着远方，眉头紧蹙，惭愧地说道。

“不！眼泪是悲观者的饰物，这是上天赏给它的珠宝。”妹妹更加欣喜地说道。

树无语，但是它的内心一片光芒，它正在随风起舞，感谢妹妹的赞赏，它发誓，绝不辜负上天的恩赐，立志成长为一棵更高大、果实更多的酸枣树！

性格密码

一粒种子，不幸地从主人的车子上被颠簸下去，滚落到了岩石边。可是也正因如此，它领悟到了生命的可贵。于是，它不再感怀身世，而是奋力成长，终于长成一棵参天大树！

奇迹

命运总是爱跟人开玩笑，安琪娜是个聪明伶俐的女孩，可爱至极，父母对她更是疼爱有加。这样的女孩，按理说，应该快乐、健康地成长。可是，就在她11岁的时候，命运开始嫉妒这朵鲜花的娇艳，跟她较起劲来。

经诊断，安琪娜患上了一种危及神经系统的严重疾病。她无法自如行动，只能终日与床为伴。医生更是下了最后的判决书："她几乎没有康复的可能，这辈子下床的概率几乎没有，除非奇迹出现！"这个消息犹如晴天霹雳，但善良的安琪娜仍旧期盼奇迹的出现。安琪娜被安排在旧金山的一家医院里做康复训练，她在训练中表现得不屈不挠，给医生们留下了深刻的印象。

医生在对安琪娜进行物理治疗的同时，还对她进行精神治疗，要求她经常想象自己能够行走自如。精神治疗法枯燥乏味，跟物理治疗法一样，需要病人付出很大的努力。但是，安琪娜一直顽强地坚持着，因为她期盼着奇迹的出现！

一天，奇迹真的出现了，安琪娜的床动了起来，紧接着她的整个房间也动了起来，安琪娜迈着大步子向前走去。她激动地惊叫道："瞧，我做到了！我做到了！"

与此同时，整个医院里的人都在惊叫，一些医疗仪器倒了下来，许多窗户玻璃裂成碎片。那一天，旧金山发生了地震。但是，当医护人员看到安琪娜的兴奋和激动时，没有人告诉她真相，而是让她相信，她真的做到了，奇迹发生了。

安琪娜不顾一切地跳下床，发现自己站立起来了！一年后，她终于能够自如地行走，而且重新回到了课堂。

性格密码

奇迹的出现，是因为你坚信它会出现，否则，奇迹永远与你绝缘。因此，既然相信奇迹会出现，那就从现在开始坚持自己的信念，你会发现奇迹的脚步正在向你靠近。

最后一片树叶

琼西和苏珊是一所艺术学校毕业的学生，她们是形影不离的好朋友。她们连同很多穷困潦倒的画家一起，租住在华盛顿广场西边的一个小巷里。

阴冷的冬季，肺炎开始侵袭这个潮湿狭窄的小巷，好几个人已经被这种可怕的疾病打倒了，这其中就包括不幸的琼西。

本来就穷困的生活，再加上这样的疾病，琼西感到自己非常不幸，生活一下子失去了原来的色彩。她脸色苍白，整天躺在靠窗的小铁床上，双眼无神地看着对面墙壁上的常春藤发呆。

医生说，只要她有信心，就会好起来。但是，琼西对生活已经失去了信心，她似乎听到了死神的召唤，因此她不愿再喝那苦得难以

下咽的药，更没有胃口吃任何东西，甚至连洗脸、梳头这样的事也懒得做了。她每天在那里数着常春藤上的叶子，从50片到20片，再到10片。

呼啸的寒风摧毁了一切，常春藤上的叶子也在渐渐凋零，最后只剩下了三四片，琼西悲伤地对苏珊说："等最后那片叶子落下的时候，我恐怕也要离开这个世界了……"然后，她绝望地闭上了眼睛。

苏珊想尽一切办法唤醒已经"死去"的琼西，可琼西仍然不肯睁开眼睛看看这个萧条的世界。

又是一个寒夜的风吹雨打，第二天，琼西微微睁开紧闭的双眼，似乎要同这个狰狞的世界做最后的告别。突然间，她的眼睛眨了一下，常春藤的枝条上，竟然还挂着一片叶子，那是常春藤最后的一片叶子。它靠近茎部的部位，仍是深绿色，可是锯齿形的叶子边缘已经枯萎发黄，它傲然挂在一根离地20多英尺的藤枝上。

琼西微微地咧开嘴笑了笑，似乎在讽刺这个无情的世界，又像是在嘲笑自己的懦弱。突然，一股罪恶感袭上她的心头。

“苏珊，麻烦你帮我把枕头垫得高一点儿，我想坐起来看你煮东西。”这时，苏珊正在不远处的壁炉旁，帮琼西煮药。琼西喝下了很苦的药，不久后，她还让苏珊帮自己煮了牛奶。

后来，琼西奇迹般地活了下来。再后来，她发现常春藤上的最后一片叶子，竟然是苏珊用画笔画上去的。所以，它没有凋零，而琼西这片即将枯萎的“树叶”，也慢慢有了生机，恢复了绿意！

性格密码

如果没有那片生命的绿叶，琼西必死无疑，正是因为生命的绿色，才让她看到了希望。只有在有希望的地方，生命才会蔓延开来，才会生生不息。因此，任何时候，都不要放弃希望。

真正的胜者

“笨拙的乌龟，瞧瞧你爬得多慢呀！”兔子嘲笑正在爬行的乌龟。“是啊，我是爬得很慢，可你敢跟我进行一次赛跑吗？”乌龟回敬道。

“什么？你要跟我比赛？真是不知天高地厚，就凭你？竟然敢跟我比赛。好，我们请一位比较公平的裁判来，然后我们开始比赛。”兔子骄傲地说道。

“我们就请狐狸吧，他不但聪明，而且做事还十分公正。”乌龟说道。

狐狸应邀做了他们的裁判，于是，他为比赛双方画好起点，并规定了比赛的路径。

比赛开始了，乌龟一点儿不敢怠慢，他立即出发朝终点笔直爬去。

兔子蹦跳着冲出起点，没过几分钟，就把乌龟远远地甩在后面。而且，它相信凭自己的速度，很快就会到达终点。就算自己睡一觉，也会比那笨乌龟快很多。说着，便在路旁的树荫下躺下来，打起了盹儿。

好大一会儿过后，兔子醒过来，伸了个懒腰，才记起比赛的事。于是，他赶紧跳起来向终点飞奔而去。结果，等他到达终点的时候，发现乌龟早已在那儿了！

乌龟赢得了比赛，狐狸裁判说道：“慢而有恒心者赢得了比赛！”

兔子，懊悔不已！

性格密码

即使速度再快，也不可能一步就达到终点；即使速度再慢，只要坚持不懈， 终点就在前方。胜利属于最终的坚持者，因此最终冲破终点线的不是速度很快的兔子，而是坚持不懈的乌龟。

不可违背的原则

学生的试卷中有一道阅读题，大概内容是讲一位猎人在狩猎的过程中，如何一边教儿子狩猎技巧，一边教儿子做人的道理。文章的最后列出了几个思考题，让学生回答。

说实话，题目并不难，但一名来自瑞典学生的答案，却让老师惊讶。这名学生直接站起来对老师说道："请老师原谅，我不喜欢这个故事，我拒绝回答和它相关的任何问题。"

这名学生的一席话，让老师大吃一惊，因为他从来没有遇到过这么奇怪的学生。但老师仍旧耐着性子问道："你为什么不喜欢这个故事？"瑞典孩子毫不掩饰地告诉老师，他们全家都是动物保护主义者，因此他反对狩猎。

这时，老师才恍然大悟，但她仍旧笑着对他说："你的观点没有错，可这篇文章是想从另外一个角度给我们以启发，你完全没必要拒绝回答问题呀！再说，我们是想从中学到一些做人的道理，这和你的动物保护思想没有多大冲突啊！"

"老师，我反对您的观点，连保护动物都做不到，还谈什么做人的道理呢？"学生认真地回答道。

至此，老师已经哑口无言了，她知道这是一个很"固执"的孩子，可她仍旧委婉地对他说："这只是一段小故事，也许，你想得有些复杂了。"

"不！我想得并不复杂，其实很简单，这个故事触犯了我的原则。所以，我不想回答它。”学生仍旧据理力争地说道。

学生的“原则”，让老师颇感震撼，也就是说，他的原则即使在老师面前，也不可违背！

性格密码

既然是原则，我们就不应该去违背，即使面对着外界的压力。瑞典学生的原则并没有因老师的压力而改变，那么，你的呢？你对自己的原则动摇了吗？如果你一味地动摇、改变，那这样的原则，还可以称之为原则吗？

2000封信函

1921年6月2日，电报诞生整整25周年。美国《纽约时报》对这一历史性的发明，发表了一篇简短的评论，其中有这样一句话：“现在人们每年接收的信息是25年前的25倍。”

对这一消息，当时在美国至少有16个人作出了敏锐的反应，那就是创办一份文摘性刊物。在不到3个月的时间里，这16 位有先见之明的人士，不约而同地到银行存了500美元的法定资本金，并领取了执照。

然而，当这些人到邮政部门办理有关发行手续时，却被告知该类刊物的征订和发行暂时不能代理。如需代理，至少要等到第二年的中期选举以后。得到这一答复后，其中的15人为了免交执业税，向新闻出版管理部门递交了暂缓执业的申请。只有一位名叫德威特·华莱士的年轻人没有理睬这一套。他回到暂住地纽约格林威治村的一个储藏室，和他的未婚妻一起糊了2000个信封，装入征订单寄了出去。

在世界邮政史上，这2000封信函也许根本算不了什么。然而，对世界出版史而言，一个奇迹却诞生了。到20世纪末，这两位年轻人创办的这份文摘刊物——《读者文摘》，已拥有19种文字48个版本，发行范围达到127个国家和地区，订户1.1亿，年利润5亿美元。在美国百强期刊排行榜中，几十年来一直位居第一。德威特·华莱士夫妇也由原来的一文不名，成为美国著名的富豪和慈善家。

性格密码

这个世界上聪明的人比比皆是，而成功者却屈指可数。究其根本区别，就在于聪明的人总是在具备了成功的基本条件后，仍在等待更多的、更充分的条件。而成功者，则在于坚持抓住每一次机遇，利用自身所拥有的每一点优势，投身进去，并一如既往地坚持下去！

救命的烟火

海难中，他是唯一的幸存者。但万幸中不幸的是，他被海水冲到了一个无人的荒岛上。每天，他除了祈祷上帝之外，就是跑到海边张望，希望发现过往的船只。

但是，他一次又一次地失望而归。无奈中，他用海上的浮板建造了一所小房子，用来遮风挡雨和存放自己仅有的一些物品。

有一天，他寻找食物回来时，发现小屋着火了。浓烟直冲天际，他仅有的那点财产统统付之一炬。

他悲痛欲绝，愤怒异常，不禁跪在地上失声叫道："上帝呀，你为何要这样对待我？"发泄了一番后，他便昏昏沉沉地睡了过去。当他被一阵嘈杂的声音惊醒时，已经是第二天的清早。醒来后，他发现几个人正站在他的身边。

他问："你们是谁，来干什么的？"

他们回答："当然是来营救你的。"

他问："你们是怎么知道我在这里的呢？"

他们回答："当然是因为我们看到了烟火。"

原来，一艘渔船看到烟火后，就赶了过来。

性格密码

绝处逢生的奇迹是因为从不放弃希望和信心，希望丧尽，奇迹又从何谈起？因此，任何时候都要坚信，既然冬天来了，那春天的脚步也不会远了。

第九章 勇敢坚强，让女孩站得更高走得更远

意大利诗人但丁说：“我崇拜勇敢和坚忍，因为它们一直助我应付我在尘世生活中所遇到的困境。”勇敢就是不惧危险、不怕困难，有勇气、有胆量、有魄力，果敢行动。人一生下来注定要同各种困难打交道，正所谓“困难像弹簧，你弱它就强”，面对困难，我们要做勇者、强者，披荆斩棘，向着未来大踏步地迈进。

胆小鬼

一天，有只小母鸡正在花园里散步，一片树叶从树上落了下来，正好落到了她的尾巴上。小母鸡受到了惊吓，撒腿就跑，一边跑一边想，天塌下来了。

小母鸡跑着跑着，迎面碰到了一只小公鸡。“哎呀，公鸡弟弟，天塌下来了。”她气喘吁吁地对小公鸡说道。

“你怎么知道？”小公鸡问。

“哎呀，我亲眼看见，亲耳听见的，一个碎片还砸在了我的尾巴上呢。”小母鸡说。

“那我们赶快去报告国王吧！”小公鸡也跟着惊慌失措起来。于是，他们一块儿拼命地跑。跑着跑着，他们碰到了一只小鸭子。“哎呀，小鸭子，天快塌下来了。”小母鸡上气不接下气地说。

“你怎么知道？”小鸭子问。

“哎呀，我亲眼看见、亲耳听见的，一个碎片还砸在了我的尾巴上。现在，我们正要赶去报告国王呢。”小母鸡说。

“哦，那我们一起去吧！”小鸭子惊恐地说道。

于是，小母鸡他们跑呀跑，一会儿又碰到了小鹅，小鹅听说后，也跟他们一起去报告国王。也不知道跑了多久，他们碰到了狡猾的狐狸。

“哎呀，天快塌下来了。”小母鸡对狐狸说道，她气都快喘不上来了。

“你怎么知道？”狐狸问。

“哎呀，我亲眼看见、亲耳听见的，一个碎片还砸在了我的尾巴上。我们正要赶去报告国王。”小母鸡说。

“那快跟我来吧，我刚才看见国王了，我带你们去。”狐狸说。

于是，小母鸡、小公鸡、小鸭子和小鹅不由分说，跟着狐狸就跑。结果，狐狸把他们带进了自己的洞穴，他们就再也没出来。

性格密码

有些人被一点儿小小的惊吓和苦难就吓破了胆，从此就停滞不前。更有一些人，因此而疑神疑鬼，最终让坏人钻了空子，实在是可悲呀！因此，任何时候，我们都不要丢掉勇气和智慧。

勇敢的老鼠

有一群老鼠，他们每天活得都很悠闲、自在，可是一只花猫的到来，搅乱了老鼠们现有的生活。短短几天时间，老猫不费力气地就捕到了几只老鼠。为此，老鼠们都苦恼极了，他们的出行再没从前那么自在了。

一天，老鼠们的头领召集大家开会，让老鼠们各抒己见，共同讨论一下，怎样才能消除这只猫给他们带来的危害。

有一只年轻力壮的老鼠说出了自己避开猫的方案："大家听着，就照我说的去办。我们准备一只铃铛，然后趁猫不注意的时候，偷偷挂在他的脖子上。这样，当我们听到铃铛声，就知道猫过来了，我们就能避开他了。"

"好主意！好主意！"其他老鼠听后都赞同这只老鼠的方案。

还有一只小老鼠，兴奋地拿来了铃铛。

"好的，大家一致通过。那么，现在，你们谁负责把这个铃铛挂在猫的脖子上呢？"老鼠的头领问道。

"啊？我可不敢！"出主意的老鼠听后，立即高呼道。

"我……我……我也不敢！"其他老鼠也胆怯地说，然后纷纷跑回自己的洞里。

性格密码

嘴上说要做出一番大事，可能需要一点儿勇气，但真正做时需要的却不只是一点点勇气。真正的勇敢在于行动，而不是言辞。

南瓜的力量

美国麻省艾姆赫斯特学院的实验人员曾经做过一个很有趣的试验，用很多铁圈将一个小南瓜整个箍住，以观察它在逐渐长大的过程中，到底能承受铁圈给予它多大的压力。试验前，大家议论纷纷，认为南瓜最多能承受500 磅的压力。

结果，实验人员惊奇地发现，在试验的第一个月，南瓜就承受了500磅的压力；试验到第二个月时，南瓜承受了1500磅的压力；当它承受到2000磅的压力时，研究人员开始对铁圈进行加固，以免南瓜将铁圈撑开。

当试验结束时，整个南瓜承受了超过5000磅的压力，而这时候，瓜皮才因为巨大的反作用力而破裂。

研究人员取下铁圈，费了很大的力气才将南瓜打开，发现它已经无法食用，因为南瓜总是试图突破重重铁圈的压迫，致使其中间充满了坚韧牢固的层层纤维。而在与铁圈较量的过程中，南瓜为了充分吸收养分，以便于提供向外膨胀的力量，它的根系不屈地往各个方向深展，几乎穿透了整个花园的每一寸土壤。

于是，研究人员感叹，生命的力量永远大于我们对它的估计，只要我们敢于相信！

性格密码

如果南瓜一开始就没有铁圈的束缚，它又能长多大？充其量比一般的南瓜大些罢了，但它绝不可能长到足以承受5000磅的压力。结果，正是由于铁圈，它奇迹般地做到了。因此，不要总是害怕苦难的降临，要知道给你压力的人，不一定都是你的敌手！

小泥人过河

有一天，上帝宣旨说，如果哪个泥人能够蹚过他指定的那条河流，他就会赐给他一颗永不消失的金子心，还有天堂般的美景。旨意下达后，久久没有泥人们的回应，因为他们都很清楚，泥人过河，预示着毁灭。不知过了多久，有一个小泥人站了出来，表示自己愿意过河。

消息一传开，其他的泥人纷纷加以劝阻。“泥人怎么可能过河呢？你不要做梦了。”“你知道，身体一点点失去时是什么感觉？”“你将成为鱼虾的美味，连一根头发都不会剩下。”

大家七嘴八舌，然而那个小泥人却心意已决，一心想过河。因为他不想永远只做个小泥人，他想拥有一颗永不消失的金子心和自己的天堂。但是，他知道要想得到天堂，就必须先经过炼狱般的磨砺，而他的炼狱就是上帝旨意中的这条河。

小泥人来到河边，犹豫了片刻，终于，他的双脚踏进了水中。

紧接着，一种撕心裂肺的痛包围了他，他感到自己的双脚在飞快地溶化，紧接着是自己的双腿。渐渐地，他感觉自己的灵魂正在一点一点地出窍，意识开始恍惚，但他仍倔强地向河的中央走去。“快回去吧，不然，你就会被毁灭的！”河水怜悯地对他说道。

小泥人对此不理不睬，在他的神志完全消逝之前，他的脑海中只有他的金子心和天堂。于是，一步又一步，他艰难地向前踱着步子。走着，走着，他突然醒悟到，上帝给自己的选择是没有回头路的，如果他退回岸边，只能是一个残缺的泥人。如果他在水中迟疑，也只能加快自己的毁灭。想到这里，他反而有了一种破釜沉舟的释然。

小泥人继续向前挪动，一厘米又一厘米……鱼虾贪婪地吞噬着他的身体，身体下方松软的泥沙更使他摇摇欲坠，波浪把他呛得几乎窒息。但小泥人很清楚，即使自己筋疲力尽，也不能躺下来休息，否则他便永远站不起来了，而且连痛苦的机会也会失去。于是，他忍受着！

也不知过了多久，就在小泥人感到绝望的时候，他突然发现自己已经上了岸。他欣喜若狂，如释重负，就在他低头审视自己时，更加惊喜地发现，自己早已不再是一个小泥人，而是一个有着一颗金灿灿的心的人，此时，他的周围鸟语花香，莺歌燕舞，一派天堂的景象！

性格密码

没有勇气蹚过生命之河，你只能且永远是一个小泥人。倘若你有足够的信心去蹚过那条河，你就完成了一次蜕变，生命从此就会绽放出五彩缤纷的色彩。

选择微笑

在美国的一座山丘上，有一间不含任何有毒物质而完全以自然物质搭建而成的屋子，居住在这间屋子里面的人，需要由人工灌注氧气，而与外界的联络也只能依赖仅有的一部传真机。

这间房子的主人叫辛蒂。早在1985年，辛蒂还是医科大学的学生，一次，她拿起杀虫剂灭蚜虫时，突然感到一阵痉挛，起初辛蒂并没有过分地紧张，谁曾料到这只是噩梦的开始。杀虫剂内含的化学物质使辛蒂的免疫系统遭到了破坏，致使她对香水、洗发水及日常生活中接触到的化学物质一律过敏，连空气都可能使她支气管发炎。

这间玻璃屋子，成了辛蒂的世外桃源。然而在那里，辛蒂遇到的一切灾难、痛苦都是令人难以想象的，她在那里只能喝蒸馏水，而食物也是不能有任何化学成分的。

面对疾病的折磨，坚强的辛蒂并没有自暴自弃。1986年，辛蒂创立了环境接触研究所，致力于此类病变的研究。1994年，她另创化学伤害资讯网，在全球范围内进行宣传，使人们免受化学物质的威胁。目前，这一网站已有5000 多名来自全世界32个国家的会员，不仅发行刊物，还得到了美国及欧盟、联合国的支持。

患病期间，辛蒂没有见到过一棵花草，没有听到过一次悠扬的歌声，就连常人司空见惯的阳光、流水，于她而言都成了奢侈品。更可怕的是，在饱尝痛苦和孤独的同时，她无法放声大哭，因为泪水跟汗液一样，都极有可能成为威胁她的毒素。

一个人被剥夺了流泪的权利，无疑是个悲剧，然而辛蒂却选择永远微笑下去。在一次电话采访中，辛蒂平静地告诉记者，她的人生没有遗憾，倘若不是疾病不允许她流泪，也许她不会坚毅地选择永远微笑！

性格密码

按照常人的思维，如果一个人连流泪的权利都被剥夺了，他会怎么样？或许，大多数人会觉得这样的日子过不下去。但是，辛蒂不一样，她告诉自己，既然不能流泪，那就让自己微笑！很多人，往往由于多了一种选择，而让自己选择了流泪，而辛蒂正是因为没有选择，才一直微笑下去！

不再忧郁

彼德认识爱波特很多年了，有一次，爱波特给彼德讲了一个故事，令他永远不会忘记。故事是这样的：

我曾经是一个对一切都抱怨、发牢骚的人，整天闷闷不乐。但是，1934年的春天，当我在威培城道菲街散步的时候，目睹了一件事，使我的一切烦恼从此灰飞烟灭。此事只发生于10秒钟内，我在这10秒里所学到的东西，比以前10年里学到的还要多。

我在威培城开了一间杂货店，经营不到两年，就把所有的积蓄都赔光了，为此还负债累累。后来，这间杂货店关门了。当时，我正在向银行贷款，准备回老家随便找份工作打发百无聊赖的日子。这时，我突然看见一个没有腿的人迎面而来，他坐在一个木制的、有轮子的木板上。他每一只手都撑着一根木棒，沿街推进。他正朝人行道滑去，我恰好在他过街之后碰见他，我们的视线相碰了。他微笑着，跟我打了个招呼：“早，先生！天气很好，不是吗？”

这个人的声音极富感染力，听起来根本不是出自一个有身体缺陷的人之口。突然，我感觉到自己是多么富有呀！我有两条可以行走的腿，可是，面对他自信的目光，我觉得自己才是一个残障者！于是，我对自己说：“既然他没有腿也能快乐高兴，我当然也可以。因为我有腿！”

刹那间，我的心胸豁然开朗起来。我本来只想向银行借100元，结果，我有勇气借了200元。我本来打算回老家随便找件事情做，但是现在我自信地宣布，我要到堪萨斯城谋求一份好工作。最后，我钱也借到了，工作也找到了。

后来，我把这次经历中的感想组织成几句话写了下来，并贴在我浴室的镜子上，每天早晨刮脸的时候，我都要大声地朗读一遍："我忧郁，因为我没有鞋。直到在街上遇见了一个人，他没有脚！"

性格密码

一位哲人曾经说过："人生的目的只有两个：第一，得到你想要的；第二，享受你得到的。"可是，现实生活中，人们都在为自己想要的努力奋斗，却只有极少数的人在享受自己得到的。

茂盛的小草

从前，有个国王到花园散步，他看到满园的花草树木都枯萎了，只有细小的心安草还在茂盛地生长着。

原来，橡树因为自己没有松树那么高大挺拔而轻生；而松树却因为自己不能像葡萄那样结出许多果实嫉妒而死；葡萄则哀叹自己终身匍匐在架子上不能直立；牵牛花因为自己没有紫丁香那样芬芳而病倒。其余的花草也都因为自己的平凡而无精打采。

国王看了看平凡得不能再平凡的心安草问道："别的植物都枯萎了，为什么你却生长得这般勇敢乐观，毫不沮丧呢？"

"那是因为我不自卑，一点儿都不灰心失望，也没有什么非分之想，我只想好好做棵心安草。"心安草回答。

性格密码

心安草的名字，多么富有寓意，只有心安方可生长得茂盛。人固然如此，不要总是为别人拥有的而自怨自艾，那样除了自寻烦恼毫无其他意义。因此，只要安心地做好自己就好。

超越自己

尼桑常常想起刚开始在埃得·帕克的武馆里训练的一次经历。一次训练时，由于对手的技术比自己强，他为了弥补技术上和经验上的不足，试图使诈，想轻易得分。

结果，整场训练下来，尼桑被远远地甩在后面，帕克看着他连连挨打。训练结束后，尼桑沮丧万分。帕克看到这一幕，把他叫进了自己的办公室。

“你为什么不高兴？”帕克似乎明知故问。

“因为我得不了分。”尼桑的声音听起来仍旧十分沮丧。

帕克没有回答，而是从桌子后面站起来，拿起一支粉笔，在地上画了一条长5英尺的线。这时，他问尼桑道：“你看怎么才能把这条线弄短？”

尼桑端详了那条线好一阵后，给出了几种答案，包括把线截成几段。但最终都被帕克否决了。

这时，只见帕克拿起粉笔，在那条线的下面又画了一条比起初那条线更长的线。“现在你再看起初那条线，感觉怎么样了？”帕克问道。

“短了。”尼桑说。于是，帕克点点头说：“提高、增长你自己的线，是超越自己的最好办法，任何时候都比切断对手的线要强。”

尼桑呆呆地站在原地，一股热流从心中涌起。过了片刻，他谢过帕克，走出了办公室，看到室外正阳光明媚。阳光透过他身上厚重的训练服，照进了他的心里。

性格密码

长短、强弱、高低，都是相对而言的，这个世界上没有一成不变的事物。打击和压榨，很多时候只能让对手变得更强大。只有让自己真正发展壮大起来，回首对手和困难，你才会发现，原来他们已经变得很渺小。

海中霸王

上帝造了一群鱼。这些鱼种类多样，大小各异。为了让它们有生存本领，上帝把它们的身体做成流线型，而且十分光滑，这样游动起来可以大大减少水的阻力。上帝还让每种鱼都拥有了短而有力的鳍，使它们在大海里可以自由自在地游动。

上帝把这些鱼放到大海里以后，忽然又想起一个问题，鱼的身体比重大于水，这样鱼一旦停下来，它就会向海底沉下去，沉到一定深度，就会被水的压力压死。于是，上帝赶紧找到这些鱼，又给了它们一个法宝——鱼鳔。

鱼鳔是一个鱼可以控制的气囊，鱼要以用增大或缩小气囊的办法，来调节自己的沉浮。这样，鱼在海里生活就轻松多了，有了鱼鳔，它们不但可以随意沉浮，还可以停在某地休息。鱼鳔对鱼来讲，实在是太有用了。

这时，上帝并不曾注意到，鲨鱼没有来，于是，鲨鱼也就错过了安装鱼鳔的机会。鲨鱼是个活泼、调皮的家伙，它入海后，便消失得无影无踪，上帝找了很长时间，费了好大的劲儿也没有找到它。上帝想：“这也许是天意吧。既然找不到鲨鱼，那就只好由它去了。这对鲨鱼来讲实在是太不公平了，它会因为没有鱼鳔而很快被海洋吞没、淘汰的。”

时间流逝，亿万年后，上帝想起他放到海中的鱼，于是，决定去看看它们现在在海里生活得怎么样了。而且他想起当初没有安装鱼鳔的鲨鱼，不知道现在生活得怎么样了，是不是早就被别的鱼淘汰或是吃掉了。

当上帝将海里的鱼类家族都找到的时候，他已经分不清楚哪些是当初的大鱼小鱼、白鱼黑鱼了。经过亿万年的变化，所有的鱼都变了模样，连当初的影子都找不到了。

面对千姿百态、大大小小的各种鱼，上帝问：“谁是当初的鲨鱼？”这时，一群威猛、强壮、神气飞扬的鱼游上前来，它们就是海中的霸王——鲨鱼。上帝十分惊讶，心想：“这怎么可能呢？当初，只有鲨鱼没有鱼鳔，它要比别的鱼多负担多少压力和风险啊！可现在看来，鲨鱼无疑是鱼类中的佼佼者。这到底是怎么回事呢？”

面对上帝的疑惑，鲨鱼说：“上帝，我们没有鱼鳔，就无时无刻不面对着压力，因为没有鱼鳔，我们就一刻也不能停止游动，否则的话，我们就会沉入海底，海底的压力会让我们死无葬身之地。所以，亿万年来，我们从未停止过游动，没有停止过抗争，游动与抗争成了我们的生存方式。因此，我们练就了最强壮的躯体和奋斗的精神，成了海中的霸王。”

性格密码

面临压力和困难，并不见得一定就是坏事，坚强的人面对重压和挫折，总能让自己变得更强大，从而适应残酷的生存环境。而弱者，则会一直躲在角落里顾影自怜。到头来，在历史的轮回里不复存在。

为了生存

茫茫大漠中，很少有生物能在这里存活下去，然而小小的甲壳虫却把这里当作它们的乐园，它们在这里繁衍不息。可是，没有水，任何生物都不可能生存下去。那么，小小的甲壳虫又是靠什么在沙漠中维系生命的呢?

清晨，甲壳虫们就已经“起床”，千辛万苦地从沙丘的底部爬向沙丘的顶端，在那里列队。它们立起身子，把背面光滑的甲壳对着晨风吹来的方向，并且长时间地站立着一动不动，等待着微微湿润的晨风在它们的背上悄悄凝成水珠。

终于，水珠越聚越大，最终汇成了一颗水滴。水滴从甲壳虫的背上流下来，流过它们的脖子、脑袋、鼻子，最后，流到它们的嘴边。

这就是它们一天赖以维系生命所需的水分。为了生存下去，小小的甲壳虫每天都必须周而复始地重复着这样的劳作。否则，它们就会面临死亡的威胁。

然而，事实证明，它们在那里繁衍了一代又一代，而且还会一直繁衍下去。

性格密码

甲壳虫在大漠中繁衍生息，异常地艰辛，它们每天为了获得一滴水珠，必须早早地“起床”，然后长时间地一动不动，否则就会面临生命的危险。如果有一天，大漠不复存在，它们又该面临何种命运呢？或许适应，才是它们生存的最大法则吧！

为何不给树浇水

有一位叫吉布斯的医生，他的样子看起来一点儿也不像医生。他总是穿着粗斜纹棉布的工作裤，戴一顶草帽，草帽的前沿是一副绿色的塑料太阳镜。

吉布斯医生总是笑，笑容与他的草帽很般配，同样满是褶子、饱经风霜。吉布斯医生不治病救人的时候就种树。他的家占地10英亩，他一生的宿愿就是把这块地变成森林。

善良的吉布斯医生对种植也有一套独特而有意思的理论。他深信“没有痛苦，就没有获得”。于是，他从不给他的树浇水。显然，这公然违背了常识。

别人问吉布斯医生为什么，他就说：“给植物浇水会宠坏它们，

它们的后代只会越来越虚弱。所以，应该让它们周围的环境变得艰难一些，而那些过于柔弱的树苗要趁早锄掉。”

吉布斯医生继续解释说，浇水只会让植物的根变浅，不浇水的树根会向深处生长，自己寻找地底深处的水分。这就是吉布斯医生从不给他的树浇水的原因。

而且，吉布斯医生总是拿一张卷起来的报纸去打树。

有人问他为什么要这样做，他说这样做是为了吸引树的注意。

后来，吉布斯医生去世了。可他的树，现在跟花岗岩一般强壮坚硬、硕大无比、郁郁葱葱。

性格密码

温室里的花朵，总是更容易枯萎，而饱经风霜的梧桐，则会更加傲然挺拔。做人也是如此，没有经历过苦难的人们，是成不了大器的，只有接受了苦难的洗礼，才能够更加坚强，从而成就一番大业。

有“魔力”的工具

很久以前，魔鬼曾发布过一则广告，声称自己要出售一些“有用”的工具，这其中包括憎恨、嫉妒、怀疑、傲慢和欺骗等。他把这些自己使用过的工具统统明码标价地陈列出来，供人们挑选。其中有一件工具，看起来很破烂，但它却被标着高价而被单独陈列出来。

“这是件什么工具？”一个买主指着标价很高的工具问道。

“哦，它的名字叫气馁。”魔鬼说道。

“那它的价钱又为什么如此之高呢？”买主不解地问道。

“因为这是件具有魔力的工具，对于人类来说，它更是无比强大。每当其他工具不能达到摧毁一个人意志的目的时，你就可以用它来撬开他的心门。一旦你让气馁占据了他的心，他也就完全地被你控制了。这样一来，你就可以彻底地将他打败。所以，我几乎在所有人的身上都使用过它，而且百试百灵，以至于它被磨得如此破旧。”魔鬼意味深长地说道。

听后，买主摇摇头走开了。由于魔鬼给气馁定的价太高了，以至他始终无法如愿以偿地将它卖出去。但他并不为此懊恼，因为他也不愿意卖出这个工具，拥有了它，他便无往而不胜！

性格密码

在魔鬼看来，之所以“气馁”无价，是因为它可以将一切坚强的人打垮。但事实上，气馁也很廉价，只要你丧失了信心，它就会厚颜无耻地纠缠于你，直至将你彻底打垮。因此，任何时候都不要丧失信心，让气馁有机可乘。

第十章 勤于思考，女孩一生的护航使者

法国小说家巴尔扎克说：“一个能思考的人，才是一个力量无边的人。”思考比知识更重要，因为知识是有限的，而思考概括着世界的一切，是知识进化的源泉。女孩要想使知识真正成为自己的，一定要经过自己的再三思考，直至它们在你的个人经验中生根。因此，女孩要积极地去发掘自己的思维能力，借助积极思考的力量，创造一种全新的生活方式。

蜘蛛和人

一只蜘蛛在断墙处结了网，把家安了下来，但是，它的生活并没有安宁，因为它常常会遭受风雨的袭击。

一天，大雨来临，它的网又一次遭受劫难。大雨刚过，这只蜘蛛向墙上支离破碎的网艰难地爬去。由于墙壁潮湿，它爬到一定的高度就会掉下来。它一次次地向上爬，又一次次地掉下来……

一直在里面避雨的三个人看到蜘蛛爬上去又掉下来的情景，开始讨论起来，他们的观点 却大不一样。

第一个人看到后，叹了一口气，自言自语地说："哎，我的一生不正如这只蜘蛛吗？我的境况就是这样，虽然一直都在忙忙碌碌可结果却是一无所得。看来我的命运和这只蜘蛛一样也是无法改变的。"于是，他继续沉迷于颓废之中，日渐消沉。

第二个人在一旁静静地看了一会儿，不屑一顾地说道："这只蜘蛛真愚蠢，为什么不从旁边干燥的地方绕一下爬上去呢？以后我可不能像它那样愚蠢。再遇到棘手的问题我一定要用头脑认真思考，不能一味地埋头苦干，尽量寻找解决问题的捷径。"从此，他变得聪明起来。

第三个人专注地看着屡败屡战的蜘蛛，他的心灵深深地震撼了，他在想："一只小小的蜘蛛竟然具有如此执着而顽强的精神，有这样的精神就一定可以取得成功。我真应该向这只蜘蛛学习！"

受这只蜘蛛的启发，他从此坚强无比。

性格密码

善于发现，勤于思考，处处都有成功力量的源泉。其实成功的本质是蕴藏在人的内心里的，总想着成功的人，在什么地方都能受到启迪。

水是什么形状

有一个人很想弄明白自己为什么总是落魄不得志，便去向智者求教。智者深思良久，默然舀起一瓢水，问：“这水是什么形状？”这人摇头：“水哪有什么形状？”智者不答，只是把水倒入杯子，这人恍然：“我知道了，水的形状像杯子。”智者无语，又把杯子中的水倒入旁边的花瓶。这人悟道：“我知道了，水的形状像花瓶。”智者摇头，轻轻端起花瓶，把水倒入一个盛满沙土的盆，清清的水一下融入沙土，不见了。这个人陷入了沉默与思考。智者弯腰抓起一把沙土，叹道：“看，水就这么消逝了，这也是一生！”这个人对智者的话咀嚼良久，高兴地说：“我知道了，您是通过水告诉我，社会处处像一个个规则的容器，人应该像水，盛进什么容器就是什么形状。而且，人还极有可能在一个规则的容器中消逝，就像这水一样，消逝的迅速、突然，而且一切无法改变！”这人说完，紧盯着智者的眼睛，他现在急于得到智者的肯定。“是这样。”智者拈须，转而又说：“又不是这样！”说毕，智者出门，这人随后。

在屋檐下，智者伏下身子，手在青石板的台阶上摸了一会儿，然后顿住。这人把手指伸向刚才智者所触摸之地，感到有一个凹处。他不知道这本来平整的石阶上的“小窝”藏着什么玄机。智者说：“一到雨天，雨水就会从屋檐落下，这个凹处就是雨水落下的结果。”此人遂大悟：“我明白了，人可能被装入规则的容器，但又应该像这个小小的水滴，改变着这坚硬的青石板，直到破坏容器。”智者说：“对！这个窝会变成一个洞！”

性格密码

人生如水，在这个瞬息万变的社会中，我们只有尽力适应环境，同时也要努力改变环境，才有可能实现抱负。

遗漏的智慧

从前，有一只乌龟，它一直梦想自己可以独占全世界所有的智慧，做世界上最聪明的动物。因为它想，那个时候，无论别人遇到什么困难，都不得不向它请教。

为了实现自己的愿望，乌龟长途跋涉，到世界各地搜集智慧，它把自己搜集到的所有智慧都装在一个葫芦里。然后，用一卷树叶把葫芦口紧紧地塞住。

终于，它搜集完了全世界所有的智慧，但又总害怕自己的智慧被别人窃取了，于是，决定将自己的宝葫芦藏到一棵谁也爬不上去的高树顶上。

它来到那棵树下，在葫芦颈上系上一根绳子，把绳子两端打上结，然后，将这个绳圈套在自己的脖子上。这样一来，葫芦就垂在它的肚皮前面了。它努力地往树上爬，却怎么也爬不上去，因为葫芦总是妨碍着它的行动，几经努力后，它仍然无法离开地面。

这时候，它听见背后有人发笑。回头一看，发现一个猎人正在看着它。

“朋友，你为什么不把那个葫芦挂在后面呢？那样，不是很容易就可以爬到树上去了吗？”

听到猎人的建议，乌龟很惭愧，原来在猎人那里还有一个智慧没有被收进葫芦。

性格密码

很多时候，一只小小的葫芦都会给你造成大碍，而一个普通的猎人，也可以解你的燃眉之急。千万不要以为自己是最聪明的，这是愚蠢的思想。就好比背着满满智慧的乌龟，却不懂得如何运用自己的智慧一样。因此，就算你拥有再多的智慧，如果不会思考怎么应用它，都是徒劳！

强者和弱者

一天，一只老虎在太阳底下睡觉。一只小老鼠经过时，不小心碰到了他的爪子，把他惊醒了。于是，老虎张牙舞爪地要吃小老鼠，可是小老鼠一再哀求道："老虎先生，您不要吃我，请放我走吧，总有一天，我会报答您的。"

老虎冷笑道："你一只小小的老鼠，怎么可能帮得了我呢？"但是，这是一只心肠非常好的老虎，看小老鼠可怜，就放走了他。

不久以后，那只放走小老鼠的老虎被一张网罩住了。他使出全身力气，努力挣扎，但由于网太结实了，最终，他也没能摆脱网的束缚。于是，他大声呼救道："救命，救命……"

小老鼠听到老虎的呼救声，飞快赶来。

"亲爱的老虎先生，您不要惊慌，我来帮您。"小老鼠对老虎说。于是，小老鼠用他尖锐的牙齿咬断了网上的绳结，把老虎从网中

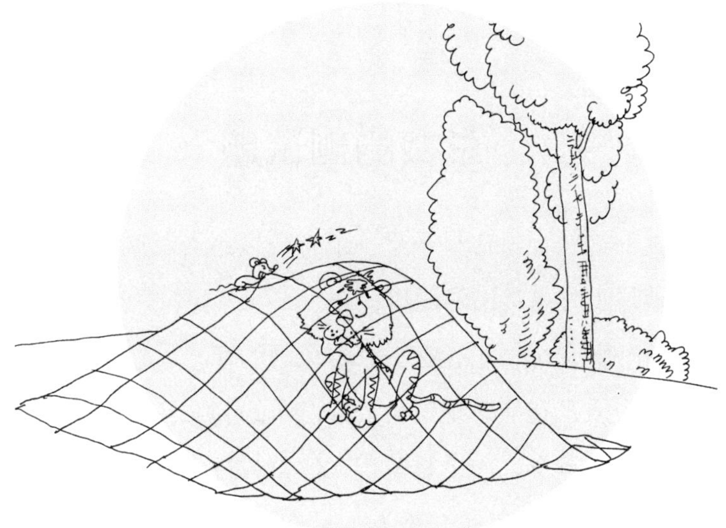

解救了出来。老虎得救了，对小老鼠感激不已。

这时，小老鼠开玩笑说道："上次，您还耻笑我小呢，还说我是弱者，根本不会帮到您的。看，现在不正是我帮了您嘛！"

老虎听后，很不好意思地笑起来，小老鼠也跟着笑起来。

性格密码

一列火车和一颗螺丝钉，它们的外形差距到完全无法比较。但是，又有谁能说，螺丝钉就不重要呢？因此，无论是弱者还是强者，都有自身的价值，就看你是否懂得绽放自身的光彩。

总裁的测试题

给你做一道题，看你是不是一个有智慧的人。这是美国一家大公司总裁招聘员工时亲自出的题目：

你开着一辆豪华轿车，在一个暴风雨的晚上，经过一个公交站。站台上有三个人正在焦急地等待公共汽车的到来。一个是快要病死的老人，生命危在旦夕；一个是医生，他曾救过你的命，是你的恩人，你做梦都想报答他；还有一个人，是你一见倾心的异性，如果错过了，你一辈子都会后悔。但你的车只能坐一个人。你会如何选择？请解释一下你的理由。

别人会怎么选择？你可以猜一猜。但你务必作出自己的决定，没有人会责备你。不过，当你作出一个决定后，一定要自省一下：我这样做是最好的吗？

老人快要死了，应该首先救他，然而每个老人最后都只能把死作为人生的终点，他们怎么也逃不过死亡的追赶；让那位医生上车，因为这确实不失为报答自己恩人的好机会，但也可以在将来的某个时候报答他，也许他会有更需要报答的时候；应该先把一见钟情的异性带走，否则会遗憾终生，也许今天是上帝安排的机遇……

在200个应聘者中，只有一个人的答案符合总裁的要求，他被录用了。他并没有解释自己答案的理由，他只是说了以下的话：“把车钥匙给医生，让他带着老人去医院，我留下来陪伴一见钟情的人等候公共汽车！”

性格密码

看似没有答案的问题，看似不可能的事情，只要你换个角度，改变一下自己的思维方式，就会发现一切不可能变成了可能，没有答案的问题也变得迎刃而解！

狮子的奖赏

一只羚羊在逃命时，脚上扎了一枚钉子，它想了许多办法，都没法把钉子弄掉。正常情况下，稍有不慎，就会成为狮子等猛兽的盘中餐，更何况自己的脚受了伤。为了避免它死于非命，羚羊的同伴挂出牌子宣称：“谁能帮着拔出钉子，必好好报答！”

一只飞向南方越冬的白鹤看到牌子后停了下来，用它又尖又长的嘴夹住钉子，一使劲儿拔出了羚羊脚上的钉子。

羚羊们感激地把它领到一个鱼虾最多的水塘边。白鹤饱饱地吃了一顿，然后带着羚羊们的祝福继续南飞。

快离开大草原时，白鹤决定休息一下。就在准备找个地方落脚时，它发现一头狮子正躺在一块石头上，周围是狐狸、豺狗和众多的小鸟。

原来这头狮子吃一只羚羊时，被骨头卡住了喉咙，它非常难受，正向草原上的鸟兽发布告示："谁能帮我把那块骨头弄出来，重赏。"白鹤心想："我的脖子这么长，肯定可以帮这个忙。"于是，它走近狮子，把脖子伸进狮子的嘴里，帮它把骨头衔了出来。

狮子非常满意，大吼一声，跳下石头，先抓了一只狐狸吞了下去。白鹤问："狮子先生，我的奖赏呢？"

狮子一听大为恼怒地说："你难道没得到奖赏吗？把头伸进我的嘴里，能活着出来，就是奖赏。"

在善良的人那里，我们常获得羚羊式的报答；在强权的社会，我们常常得到狮子式的奖赏。

性格密码

帮助别人，固然没有错，也是值得赞赏的。但是，帮助别人时，还需要一定的辨别力，并非所有的人都值得我们去帮助，你一定要小心谨慎自己得到狮子式的"奖赏"！

转换思路

生活在巴黎的一位贵妇人，她的家中保存了一只祖传的稀有花瓶，她对这只花瓶爱不释手，每天总要端详很多次。

有一天，贵妇人想把卧室重新粉刷一次，为了使墙看起来跟花瓶的颜色更加协调，她决定采用花瓶的颜色。

于是，贵妇人找来了油漆匠。可是，令她烦恼的是，好几个油漆匠竟然都无法调出与花瓶完全相配的色调。贵妇人对此气馁不已。最后，又来了一个油漆匠，他表示自己愿意尝试一下。经过一番努力，他把卧室粉刷得和花瓶的颜色丝毫不差，贵妇人满意极了，于是，付给他一大笔工钱。不久，这个油漆匠就远近闻名了。

后来，油漆匠到了退休的年龄，准备将自己的手艺传给儿子。

“爸爸，有件事我很想知道，当年你是怎样把贵妇人的卧室刷得和花瓶的颜色完全一致的呢？”儿子一天饶有兴致地问道。

“孩子，这非常简单，我只是稍稍改变了一下花瓶的颜色。”父亲慈祥地看着儿子说道。

性格密码

无法改变的事情，我们与其苦苦思索，不如改变一下自己的思路。很多事情，只要稍稍调整思路和心情，问题就会迎刃而解。可悲的是，很多人不懂得变通。

乌鸦取水

从前，有一只口渴的乌鸦，为了找到水源已经在空中飞行了很久很久。

突然，乌鸦发现了一只水罐。它就飞下来，发现罐里有一些水，但是水罐太深，而水又少得可怜，根本无法喝到罐里的水。

“太可恶了，我已经累得飞不动了，要是再喝不到水，我一定会渴死的。不行，我一定要想办法喝到水。”乌鸦叫道，“我明白了！我该把水罐推倒。”可是，水罐太沉了，任凭它怎么用翅膀击打，都不可能把小罐推倒。

于是，乌鸦气喘吁吁地想了一会儿。“这回我有办法了！我要打碎它！ 水从破罐子里流出来，我就能喝到了。啊，那将是多么甘甜的水啊！”于是，它用尖喙、脚爪、翅膀使劲儿地撞击水罐。可是，水罐太结实了，它很快就发现，这是徒劳的。

可怜的乌鸦，不得不再次停下来。“我现在该怎么办？我不能眼睁睁地看着水因喝不到而渴死在水边。”过了一会儿，乌鸦又想出了法子。

乌鸦发现罐子的周围有很多石子，它把石子一颗颗地拣起来扔进水罐，水位慢慢地升高了。终于，乌鸦喝到了甘甜的水！

性格密码

当你找到自己寻觅已久的水罐时，是跟聪明的乌鸦一样想办法喝到其中的水，还是摇摇头无奈地走开呢？但你必须清楚，是你的选择造就了不同的结果，而不是上帝更眷顾智者。

第一部室外电梯

柯特大饭店，是美国加州圣地亚哥市的一家老牌饭店，每天的客流量都很大。这样一来，原先配套设计的电梯就显得过于狭小、老旧。于是，老板准备改建一部新式电梯，以适应日益增加的客流量。

老板花重金请来全国一流的建筑师和工程师，商讨如何改建电梯的问题。最终，大家的结论是饭店必须新换一部大电梯，但为了安装好新电梯，饭店必须停止营业半年。

“除了关闭饭店半年就没有别的办法了吗？要知道，那样会造成很大的经济损失。”老板皱着眉头说道。

“必须得这样，不可能有别的方案。”建筑师和工程师们坚持说。就在这时候，饭店里的一名清洁工刚好在附近拖地，听到了他们的谈话。他直起腰，停止了工作。望着满脸忧郁的老板和那两位自信满满的专家，开口说：“为什么不把电梯装在屋子外边呢？”老板瞟了他一眼，不屑地说：“什么，把电梯装在屋子外边？”工程师和建筑师听后，尽管诧异得说不出话来，但他们知道这是一个非常可行的方案。于是，不久后，这家饭店就在屋外装设了一部新电梯。

在世界建筑史上，第一部室外电梯就这样诞生了。如今，室外电梯已经随处可见！

性格密码

由于别人这样做了一件事，自己也会附和着用同样的方法去完成此事。事实上，很多事情，完全没有必要循规蹈矩。打破常规，按照自己的思路去行事，你会发现自己的脚下又多了一条路。

第十一章 节制自律，女孩走向成熟的阶梯

俄国作家陀思妥耶夫斯基说：“如若你想征服全世界，你就得先征服自己。”心理学家指出，在取得成功的诸多因素中，情商的贡献最大。而情商中最核心的部分就是自律能力，即自我管理能力。自律能够让女孩自己管理好自己，让自己始终沿着正确的轨道成长。因此，女孩们应从小就培养自己的自律能力，为自己以后的人生打下坚实的基础。

华裔部长的母亲

在美国一所大学的日文班里，突然出现了一位老太太，老太太的头发已经花白，但是初来的几天里，同学们并没有感到意外。因为在这个自由的国度里，人们都可以选择做自己喜欢的事情。

不久后，大家发现这位老太太并不是像大家想的那样，是为了填补退休后的空虚才来到这间教室的。她每天总是第一个来到教室，积极地温习功课，认真地阅读。她的笔记记得工工整整，老师提问时她同样会紧张得满头大汗。

有一天，教授对大家说："做父母的一定要自律才能教育好自己的子女，如果大家不信，你们可以问问这位尊敬的女士，她的孩子一定非常有教养！"

经打听，大家才知道，这位老太太叫朱木兰，她的女儿是美国第一位华裔部长——赵小兰。老太太每天严于律己，总是第一个来到教室学习，正是她多年养成的自律习惯。

性格密码

悉心观察你就会发现每个人都有家庭教育遗留的痕迹。父母的言行举止对子女有着言传身教、陶冶习染和潜移默化的影响。因此，自律是一种习惯，一种让你受益终身的好习惯。但要孩子养成自律的好习惯，父母首要的做法就是做一个自律的人。

装聋作哑

有一个间谍被敌军捉住了，情急之下他扮成一个哑巴，开始装聋作哑，任凭对方用任何方法诱问他，他都绝不为威胁、诱骗的话语所动。最后，审问的人故意和气地对他说："好吧，看起来我从你这里问不出任何东西，你可以走了。"

听到这样的话语，间谍没有立刻转身走开，因为他知道这样就会功亏一篑。于是，他继续装聋作哑，毫无知觉似的呆立着不动，仿佛对那个审问者的话全然听不见。

审问者本想以"释放"作为诱饵来麻痹他的意志，并观察他的聋哑是否真实。结果，间谍不但没有说一句话，就连面部表情都保持着被捕时的紧张，仿佛审问还在进行。

最后，连审问者也不得不相信他确实是个聋哑人了，只好说："这个人如果不是聋哑的残废者，那一定是个疯子了！放他出去吧！"就这样，间谍的生命保存下来了。

性格密码

读罢这个故事，很多人都惊叹于间谍的聪明。其实，与其说是他的聪明救了他，倒不如说是他超凡的自制力在关键时刻拯救了他的生命，换回了他的自由。因此，为了获得真正的自由，我们必须有意识地克制自己！

控告母亲的警察

服务于英国警界已30多年的尼格尔·柏加，在国际退役警务人员协会的日内瓦周年大会上，荣获了“世界最正义警察”的美誉。

有一次，尼格尔到英格兰风景如画的湖泊区度假，当他发现自己在时速30千米的区域内以时速33千米行驶之后，马上给自己开了一张违例驾驶传票。

驶抵市区后，尼格尔立刻把这件事报告给了交通局。主管违例驾车案件的法官起初大感意外，继而大受感动，他说：“我当了多年法官，从未遇到过这样的案件。”结果，他判罚尼格尔25 英镑罚款。

尼格尔另一件为人津津乐道的往事是关于他母亲的。一次，尼格尔的母亲在公园散步时，不经意地从树上摘了一朵鲜花作为帽饰，不巧被正在执勤的儿子发现了，尼格尔毫不留情地把母亲当场拘控。罚款确定以后，他立刻替母亲交付了那笔钱，并诚恳地向母亲解释说：“您是我母亲，我爱您，但您犯了法，我有责任像拘控任何其他人一样拘控您。”

而这个时候，尼格尔的妈妈非但不责怪自己的儿子，反而为此感到非常骄傲。此后，每当她向别人谈起尼格尔的时候，就一定要讲起这个故事。

性格密码

警察，是一个平凡的岗位，平凡到大街上经常可以看到他们的身影；警察，又是一个非凡的岗位，因为有了他们，世间才充满了正义。也正是由于尼格尔30几年如一日的恪守职责，才维护了世界的正义。因此，他是当之无愧的“世界最正义警察”！

寻找天堂的猴子

一只生活在原始森林里的猴子常听人说，天堂里的生活最美好。于是，它决心要找到天堂。经过了千辛万苦的跋涉，终于有一天，猴子来到了一个美丽的小镇。这里有五彩缤纷的花园、奇特的建筑、喧闹的街道、诱人的美味。猴子高兴极了，它结交了不少朋友，每天和小动物们做游戏、搞比赛、听音乐，真是无比快乐。它觉得这就像是自己要找的天堂。

可是，让猴子感到美中不足的是，这里的规矩太多。就说在花园里玩儿吧，那么多好看的花儿不让摘。在家乡可不是这样，高兴的时候，猴子经常采摘一大把鲜花，编成花环戴在头上玩儿。可是，在这里，猴子刚刚摘了一朵花想闻闻香不香，就被小白兔看到了，结果被狠狠地批评了一顿，还被罚在花园里干半天活儿。

还有，猴子吃完香蕉，随手把香蕉皮扔在路边，又被大公鸡看到了，结果被罚扫一天街道。猴子倒不是怕劳动，而是它感到太不自由了，处处受约束。

终于有一天，猴子在因为一点儿小事和黄狗打架而被罚做五天公益劳动时，愤然离开了小镇。猴子想："这里肯定不是天堂，天堂里的生活应该无拘无束。"于是，猴子又开始了寻找……

性格密码

自律其实是一种道德，也是一种最高的境界。只有在没人监督的情况下，通过自我要求，变被动为主动，自觉地遵循法度，这个社会才会变得美好，这个世界也才会成为幸福的国度。

贪婪的农夫

一天早晨，一位农夫发现自家的鹅窝里有一只金灿灿的蛋。事后，他惊喜地发现这是一枚金蛋。

从那以后，农夫每天都能得到一枚金蛋。不久后，他靠卖金蛋变得非常富有。

可是，慢慢地，农夫再也不满足一天一枚金蛋的收获了，他想得到更多的金蛋。而且在他脑海中，一直觉得鹅肚子里藏着大量的金蛋。

一天，农夫终于对让他发家致富的鹅下了毒手，他拿起刀子，迫不及待地把鹅的肚子剖开了。结果，他意外地发现，鹅肚子里什么也没有！从那以后，他再也没有得到过一枚金蛋。

性格密码

人最应该控制，也是最难以控制的，就是贪念。贪念就像一杯甘甜的毒酒，正因为它味道甘醇，才引诱着人们无限欲望，一旦喝下去，后果将不堪设想。因此，任何时候都要学会满足，一味地贪得无厌，最终只能把已拥有的东西一并都失去。

致命的甜蜜

农夫房子里的桌子上，有一只放了很久的蜂蜜罐，苍蝇对此早已垂涎三尺，只是盖子太结实了，苍蝇想尽一切办法仍无法打开它。突然，一阵风吹来，蜜罐被打翻了。苍蝇趋之若鹜，趴在蜜糖里，贪婪地舔食着。可是它们的脚被蜜糖粘得很牢，以致无法扇动翅膀，更不用说逃脱了。

苍蝇在就要断气的时候，哀叹道："唉！我们是多么蠢的东西啊，为了一点点的快乐，就毁了自己。"

性格密码

其实，苍蝇千方百计地想吃到蜜糖并没有错，毕竟好的东西谁都向往。人，不也正是如此吗？但是，你一定要清醒地认识到，任何事物都要把握一个度，超过了就会物极必反！因此，我们说：“乐极就会生悲！”

身边的妇人

著名戏剧家普契尼偷偷地跑到剧院看他的新歌剧《托斯卡》上演。他注意到观众对该剧赞誉很高，于是十分得意。

“您为什么不鼓掌？您不喜欢这个戏吗？”邻座一位陌生妇女中途向他问道。

“哦，不太喜欢。”普契尼答道，他对自己的这个际遇感觉很有趣，于是又调侃地说：“戏中有些地方交代得似乎不够清楚。”

“那有什么关系，作者有权创新！”妇人反驳道。

“可能是这样吧，不过，我认为最坏的是他的模仿，您没有听出有些曲调是受威尔第的影响吗？”

“这只不过是继承意大利的传统。”妇人不服地说道。

“我并不这样认为。如果您真的懂一点儿歌剧的话，您会发现合唱太拖拉了，它应该更紧凑生动一些。”

“您真的这样认为吗？”

“当然。”普契尼面带戏谑，不屑地说道。

第二天清晨，普契尼打开报纸，一个标题映入眼帘：《普契尼关于〈托斯卡〉的谈话》。而让他更加大吃一惊的是，文章把他开玩笑说的有关此剧的种种“缺点”，一字不漏地刊登了出来。

普契尼万万没有想到，那晚坐在他身旁的妇女，竟然是米兰最畅销的报纸评论家。

性格密码

你有权利高兴、开心，但你绝对没有权利得意忘形。得意忘形就像是个魔鬼，它会让人变得轻狂，并让人失去理性和分寸。很多时候，得意不仅贬低了自己，还会刺伤别人。因此，得意忘形的结果，往往是受到别人的非议和自取其辱。

找不回来

圣菲利是一位非常善解人意的牧师，因此当地人有困难时都非常喜欢找他。

有一次，一位年轻的女孩来到圣菲利面前倾诉自己的苦恼，圣菲利听完她的倾诉，了解到她心地并不坏，只是爱对别人说三道四，散播无聊的闲话。于是，给别人也给自己招惹了很多是非。

圣菲利说："你不应该在别人背后说坏话，你要为此赎罪。我这儿有一包羽毛，你将它们撒在你走的路上，从城里一直到城外，直到撒完为止，然后，回来找我。"

女孩照办了，很快她撒完羽毛回到了圣菲利身边。圣菲利说："现在你已经赎完了第一部分罪了，现在要完成第二部分了。你必须回到你来的路上，去找回那些羽毛。"

不久，女孩就回来了，但是，她没有带回一根羽毛。因为风已经将它们吹得无影无踪了，任凭她怎么努力，都无法将那些吹散的羽毛找回来。

于是，女孩来到圣菲利面前，将情况如实告诉了他。

圣菲利说："没错，我的孩子，那些你不假思索脱口而出的愚蠢的话，不正像这些羽毛吗？你当时可能只是随便说说而已，但它们已飞到各处，等你后悔时，就再也收不回来了。"

女孩恍然大悟！

性格密码

一位名人曾经说过："如果你能管住自己的嘴，那么你就可以避免人生90%的灾难。"这句话恰如其分地说明，语言就好比无形的利箭，射出去容易，收回来难。因此，任何时候，都不要轻易地发表自己的言论，因为不恰当的评价，总会让别人和自己难堪。

第十二章 好习惯，奏响女孩的人生乐曲

英国教育家普德曼说：“播种一种行为，你就会收获一种习惯；播种一种习惯，你就会收获一种性格；播种一种性格，你就会收获一种命运。”习惯真正是一种顽强而巨大的力量，看似不起眼的“小”习惯，实则决定着女孩的“大”命运。因此，女孩要从小养成良好的习惯，这样才能确保未来拥有幸福美好的生活。

121号公共汽车

威甘德每天都会登上南行的121号公共汽车，因为那是他去上班所必需的代步工具。凭窗望去，芝加哥冬日的景色真是毫无生气可言，光秃的树木，随处可见的融雪，汽车在污水泥浆中缓缓前行。

公共汽车在林肯风景区里行驶了几千米。可是，车上的人似乎对此并不感兴趣，他们都穿着厚厚的衣服挤在车上，被单调的引擎声和车厢里闷热的空气弄得昏昏欲睡。

在芝加哥搭车上班，似乎有一个不成文的规定，那就是坐车的时候大家宁愿躲在自己的报纸后面，也不愿意彼此打个招呼。就这样，一张薄薄的报纸，隔开了大家的距离。

公共汽车缓缓前行，当它驶近密歇根大道一排闪闪发光的摩天大厦时，一个声音突然响起："注意！注意！"报纸哗哗作响，乘客们一起伸长了脖子，想知道到底发生了什么事。

"我是你们的司机，现在，请你们全部把报纸放下。"

车厢里鸦雀无声，人人都瞧着那司机的后脑勺，他的声音很威严，人们一时间不知道发生了什么事，但都乖乖地将拿着报纸的手垂了下去。

"现在，请大家转过头去面对坐在你身旁的那个人。"

很奇怪，乘客们照做了。但是，没有一个人露出笑容，他们只是盲目地服从，而且这样的对视让他们感到很别扭。

坐在威甘德对面的是一位年龄较大的妇人，她的头扎着严严实实的围巾，他几乎每天都看见她，此时，他们正四目相对，目不转睛地等候司机的下一个命令。

“现在，请大家跟着我说……”那语气就犹如军队教官喊出的命令，“早安，朋友！”

于是，大家照做了，他们还只是盲目地服从和模仿，以至于声音很轻，很不自然。这是大家今天第一次开口说话，可是，他们却像小学生喊口号一样，齐声对身旁的陌生人说了这四个字。

威甘德情不自禁地微微一笑，他松了一口气，终于弄清楚车厢内并没有任何人被绑架或是抢劫。

第一次开口后，大家发现自己想说的话还有很多，不仅仅这一句简单的“早安，朋友”。而且，这句话说出来一点儿都不难。就这样，彼此间的尴尬和陌生感被打破了，大家终于可以像老朋友一样谈论今天的天气和昨晚电视中的新闻了。

车厢里热闹起来了，司机再也不多说一句话，因为他知道只有这一句就够了。大家听到了笑声，一种以前在121号公共汽车上从未听到过的温情洋溢的声音。

性格密码

薄薄的一张报纸，挡住了彼此的视线，也筑起了人们防备的心墙。其实，打破僵局真的只需要一句简单的“早安，朋友”。只要你愿意放下外表伪装的冷漠，温情就会随之蔓延开来。

做事的习惯

一次，玛丽娅驱车前往佛蒙特州南部的森林，她把车子停下来，走进了森林。结果，等她回来的时候，发现自己的车窗上贴着一张小纸条，上面写道：“我们等着您。”下面是一个电话号码。

原来，在玛丽娅离开的过程中，附近的一位农夫在倒车时不小心将她的车子撞瘪了一小块。玛丽娅拨通了电话，她并不是想要索赔，而是想当面表示自己对他们这种敢于承担责任的精神的钦佩。

双方在农夫家的饭厅里见面了。对方却平淡地说：“这是我们做事的习惯！”农夫的妻子一边用围裙擦着手，一边附和道：“对，这是我们做事的习惯！”

许多年过去了，玛丽娅始终没有忘记这个场面和这句话，她对那对正直、善良、守信的夫妇非常挂念，想知道他们现在生活得怎么样了。于是，她决定循着记忆再度去拜访他们。

玛丽娅带着自家烘制的馅饼，一路上她努力回想着，低矮的苹果林边上有个石头砌成的谷仓，大片的向日葵地，屋前的花坛里种着太阳花、瓜叶菊和毛地黄……

然而，路人却跟她说：“小姐，我们这里这样的农场大约占据了整个州的1/3，所以您必须说出他的名字，否则，我们根本不知道您说的是谁。”可是，玛丽娅根本说不出他的名字，于是，她把先前的事情复述了一遍。“许多人都会这样干的，这是我们这里做事的习惯。”一位正在用干草喂一群比利时栗色马的老妇人，听完她的复述说道。

玛丽娅尽管没能找到农场主，但她也没有失望而归，因为从那以后，她总是尽其所能地帮助有困难的人，而且每次她都会说：“这是我做事的习惯！”至此，玛丽娅已经寻找到了属于善良人们的“习惯”！

性格密码

好的习惯，就是一种美德。这种美德就像风一样，它会把美好的习惯、事物吹到每一棵树、每一株草那里，让它们感受到美好的同时，也会把这种美好传递下去。

回到原点

一个体弱的富翁和一个强壮的穷汉，两人都在羡慕对方，富翁为了得到健康可以让出自己的财富，穷汉为了变得富有表示可以随时舍去自己的健康！

一位外科医生发现了人脑互换的办法，富翁赶快提出自己和穷汉交换脑子的想法，其结果是富翁会变穷，但可以得到健康的身体；穷汉会变富有，但会和疾病相伴！

成了穷汉的富翁因为有了健康的体魄，又因为具有成功的意识，渐渐又积起了财富。但他总是为自己的身体担忧，每当感到一丝不适就会心惊胆战。久而久之，好的身体又渐渐垮掉了！

变成富翁的穷汉总算有了钱，但他不想用换脑得来的钱去开始一种新的生活，而是不断地把钱用在无用的投资上，不久，所有的钱财便挥霍一空，他又变成了穷汉。但由于他无忧无虑，富翁所换给他的满是疾病的身体，很快就消失了。他又像先前一样，拥有了健康的体魄。

最后，俩人又都回到了原来的模样！

性格密码

只有良好的生活习惯，才会为你的人生带来财富和健康。健康和财富，都不是通过简单的交换就可以获得的。因此，要想得到健康或者财富，你必须从此刻开始养成良好的积累财富和健康的习惯。否则，一切都是空谈。

栽培兴趣

海拉蒂4岁半了，在萨尔马多城的幼儿园上学。最近，她在学习有关植物方面的知识。海拉蒂迷上了植物，她觉得那些花草实在是太美了，便苦苦地哀求爸爸给她买一盆鲜花。

爸爸同意了海拉蒂的请求，利用周末时间带着海拉蒂到花卉市场买了一盆小花。但是，爸爸跟海拉蒂约定，由海拉蒂负责照顾鲜花，给它浇水和施肥。

鲜花买回来的最初几天，海拉蒂非常兴奋，每天耐心地给小花浇水，还根据日照的情况，不断给花盆挪动位置，并拿出本子，歪歪扭扭地在上面记录花卉的生长情况。

海拉蒂的爸爸看到小海拉蒂这么有责任心，十分满意。可是，没过多久，爸爸发现小海拉蒂给花浇水的次数越来越少了，似乎她已把养花的事给忘了。结果，没过几天，小花就慢慢枯萎了，叶子也开始泛黄，看上去快要死了。

晚饭过后，爸爸把海拉蒂叫到阳台，指着快要枯死的小花问海拉蒂："你给花浇水了吗？"

"没有。"海拉蒂低着头说。

"为什么没有？"

"我……"

"我们在买这盆花的时候，是怎么说的？由谁负责给这盆花浇水？"

海拉蒂沉默不语。

爸爸接着说道："你看，这盆花多么伤心、悲哀！她失去了美丽的叶子，变得枯黄，这都是因为你。"

以后的日子里，海拉蒂坚持每天给花浇水，小花不久就又恢复了生机，变得和以前一样漂亮。

性格密码

发现和培养孩子的兴趣，是家长培养孩子责任心的最佳机会。对待自己的孩子，千万不要听之任之，一定要让他们从小养成良好的生活习惯，其中最为重要的就是培养孩子的责任心。对待孩子的不负责任，如果家长认为孩子还小，而采取无所谓的态度，那么只能滋长孩子不负责任的坏习惯。久而久之，就会对孩子造成不利的影响。

纸包不住火

最近，老师发现4名学生在偷着抽烟，于是，把他们叫进了办公室。

第一个学生进来。

“你抽烟吗？”老师问。

“怎么可能，从来不。”学生回答。

“很好，那就吃根薯条吧。”

老师说着拿出一根薯条，学生连忙伸出食指和中指夹住。

于是，老师怒斥道：“抽了烟竟然还撒谎！回去叫家长来！”

一会儿，第二个学生进来了。

“你抽烟吗？”老师问。

“绝不，我发誓。”学生回答。

“那好，吃根薯条吧。”

接着，学生用拇指和食指接住。这时，老师又指指桌子上的番茄酱，让他蘸点儿。

结果，学生蘸多了，于是，轻轻地在碟子边上弹了弹。

老师怒斥道：“竟敢对我撒谎！回去叫家长来！”

接着，第三个学生进来了。

“你抽烟吗？”老师问。

“不抽啊！”学生回答。

老师照例让他吃了薯条，并蘸了番茄酱。老师发现，学生是用拇指和食指接住，并且学生蘸多了酱，只是在碟子边上轻轻地刮了一下。于是，老师说：“好了，没事了。再拿几根给你的同学吃吧。”结果，学生拿了两根，回头边往外走边把薯条夹在耳朵上。

老师怒斥道：“抽了烟竟敢撒谎！回去叫家长来！”

接着，第四个学生进来了。

“你抽烟吗？”老师问。

“不抽。天地作证。”学生回答。

“那好，吃根薯条吧。”

接着，老师递给学生薯条，学生用拇指和食指接住。

老师又说：“蘸点儿番茄酱吧。”

学生蘸多了，轻轻地在碟子边上刮了一下。

老师说：“好了，没事了。再带些给你的同学吃吧。”

学生默默地拿了两根走了，心里暗暗高兴。

这时，老师大喝道：“校长来了！”

学生慌乱中把薯条扔到地上，用脚踩碎。

老师怒斥道：“抽了烟，竟然还敢对我撒谎，回去叫家长来！”

性格密码

恶习一旦养成，就会如影随形，难以摆脱，无论你怎样加以掩饰，关键时刻总会露出尾巴。因此，不让别人发现恶习的最好方法，就是从小杜绝不良习惯，养成良好的生活习惯。

哈里的原则

一位老绅士，非常富有，但脾气古怪。一段时间里，他一直在为一件事情苦恼，因为他想找一个称心的男仆。可是，选来选去，却总也选不到自己中意的。这天，又来了几位面试者，老绅士提出了自己的要求——必须是有教养的年轻人。老绅士提前准备了一间房子，要求他们先后进屋，并让他们各自在屋里坐一会儿。

第一个进入房间的年轻人叫查尔斯。起初，他非常安静地坐在那里，但不一会儿的工夫，他就开始烦躁起来。这时，他发现桌子上放着一个罩子，于是，很好奇地站起来掀开了罩子，这时，他发现里面是一堆白色的羽毛。尽管是轻轻地一掀，可是羽毛仍旧飞满了整个房间。他想把罩子恢复原样，可结果却是更糟。老绅士在隔壁的房间看得很清楚，结果，查尔斯落选了。

第二个进入房间的人叫亨利。他刚一进屋，就发现桌子上摆放着一盘诱人、熟透的樱桃。“这么多樱桃，吃掉一颗，想必他是不会发现的。”亨利心里想着便顺手拿起一颗最大的樱桃放进了嘴里。但是，樱桃吃起来并没有那么甜，反而非常酸涩，他忍不住把樱桃吐了出来。结果，亨利被打发走了。

第三个进入房间的人叫鲁夫思•马克，他进屋后，在椅子上坐了一会儿后开始四处打量这间房间。当他看到柜子上有一排抽屉并发现其中一个没有上锁时，便情不自禁地把它打开了。但是，他的手刚刚碰到那个抽屉的把手，一阵刺耳的铃声就响起来了。鲁弗斯·马克被赶出了房间。

最后进入房间的是哈里·杰克逊。进屋后，他静静地坐了20分钟，不但没有四处张望，也没有到处乱动。半个小时后，老绅士进来了。“我屋里有那么多新奇的东西，难道就没有一样引起你的兴趣吗？”

“不，先生，没有得到你的允许，我是不能随便动任何东西的。这是妈妈很小的时候就教育我的。”哈里笑着回答说。

老绅士热情地拥抱了哈里，说道：“好孩子，如果你愿意，请留下来吧！”

哈里跟老绅士在一起像父子般生活了很多年。后来，老人去世了，他留给哈里一笔很大的财产。哈里也因此过上了富足的生活，但他做人的原则却从未改变过。

性格密码

只有那些打小就有着良好生活习惯的人，方可抵御住种种诱惑，不为之所动。倘若没有较高的素养和良好的做人习惯，一旦面对诱惑，就会失去原则，做出一些不尽如人意的事情。因此，良好的习惯，要从小培养。

互相捉弄

有一天，狐狸送了一张请帖给鹤："晚上请来舍下用餐。""哇！真罕见！狐狸先生竟然请我吃饭。它会准备什么佳肴招待我呢？"

鹤很高兴地前去狐狸的家。"呀！鹤先生，欢迎欢迎！请坐，不用客气哦！"狐狸的佳肴原来是放在大平盘里的肉汤。"我最喜欢喝汤啦！谢谢你呀！"鹤说。

鹤很想喝汤，可是因为自己长着一个长嘴巴，所以费了好大的劲儿，也只能闻闻味道而已。盘内的汤一滴也喝不到。

可是狐狸却叽里咕噜地一下子就把汤喝完了，而且嗤嗤地笑着，觉得很有趣。

"真不够意思，你在捉弄我！"鹤恨恨地回家了。不久，鹤也送了一张邀请函给狐狸："晚上宴客，请你一定要来哦！"

狐狸是个贪吃鬼。"是什么样的食物在等我呢？"狐狸暗暗地想着，高高兴兴地来到了鹤的家。

"狐狸先生，欢迎！欢迎！别客气，尽管用吧！"

鹤拿出的东西也是肉汤！不过，它们被装在细颈水瓶里，而且水瓶还被固定住了！

"谢谢！你知道我最喜欢喝肉汤了。"狐狸将嘴伸进瓶口，可是怎么喝也喝不到一口汤，只能闻闻鲜美的味道。

鹤则将长嘴巴轻轻松松地伸进瓶里，津津有味地喝着。狐狸肚子饿坏了，眼前的美食却一口也吃不到。

性格密码

把捉弄别人当作一种快乐，你就会招致同样甚至更多的捉弄。有时，毫无恶意的恶作剧，都会给自己带来意想不到的恶果。更何况，有意而为之的捉弄呢？要谨记，真诚才应是待人的态度，任何时候都要真诚待人。否则，我们的生活就会因为缺乏真诚的友情而暗淡无光。

参考文献

[1] 昭华.哈佛性格书[M].北京：中国妇女出版社，2013.

[2] 威廉·贝内特.美德书[M].何吉贤，译.北京：中央编译出版社，2000.

[3] 文轩.做个完美性格的女孩[M].北京：朝华出版社，2012.

[4] 晓丹.做个好性格的女孩[M].北京：中国妇女出版社，2003.

[5] 贝纳德.哈佛家训[M].张玉，译.北京：中国妇女出版社，2007.